恋に落ちたら、自分ではどうしようもないんだ
今、俺がどうしようもないみたいに

FATHER FIGURE

Guilt | Pleasure

FATHER FIGURE
by Guilt | Pleasure

Translated by Xin Koinukai
Published in Japan
by libre inc.

目 次

装画　咎井　淳

FATHER FIGURE

1

それは一通の手紙から始まった。

数年前にフィレンツェで買ったアマルフィ紙の便箋《びんせん》に、彼への手紙を書いた。蔦《つた》模様がエンボス加工された枠の内側に、きちんと並んだレーザープリンターの印字。たった一行の文章だったが、何度も繰り返し読み返した——その意味の滑稽《こっけい》さを確かめるべく、時には声に出して。実際、滑稽ではあった。だが、同時に誠意にも満ちていた。

そこに横たわっている真実を、彼は真摯《しんし》に受け止めるべきだろう。

俺は手紙を折りたたみ、便箋と似たデザインだが、蔦の葉は二枚ずつ四隅に配置されているだけの封筒の中にそれを滑り込ませた。それから、彼の名前の最初の一文字を赤インクで封筒の隅にしたためた。

U.

手袋を嵌《は》めた指で文字を擦り、インクを滲《にじ》ませる。

彼が手紙を読んだ時、俺はその場にいなかった。だが、読んだことは知っていた。まだ十月で、気温が二十度を下回ることは滅多《めった》にないにもかかわらず、彼は黒いロングコートを着るようになっていた。世界から自分を隠してしまおうというその試み——その慎ましくも無意味な謙虚さが、俺には愛しく感じられた。

二週間、俺は彼を放っておいた。彼の恐怖は徐々に減退していき、コートはクローゼットの奥へしまわれるようになった。だが、彼はより慎重になった。固定電話を取ることを拒み、留守電のメッセージをチェックしたあと携帯からかけ直すようになった。

俺は彼に、再び別の手紙を送った。同じ封筒と便箋。文言《もんごん》は変更した。今回は、彼に忠告を与えた。

見知らぬ者とは口をきくな

短い手紙ではあったが、彼は眼に見えて怯えていた。集合住宅の郵便ボックスの前で手紙を開封し読んでいる時、彼の手は震えていた。

俺は近くの角に立ち、自分の郵便物を選り分けているふりをしていた。

彼を眺めながら、体内を駆け巡る興奮を堪能《たんのう》していた。

意外だったことに、彼は手の中で便箋を丸めると、ロビーをちらっと振り返った。そして俺を見た。束の間、俺を観察し、それからごみ箱の方へ歩いてきた。

「どうかしましたか？」

そう声をかけると、彼はぎくりとして立ち止まり、こちらを見た。すでに心許なかった顔つきには、もはや不安の表情しか浮かんでいない。

「何だって？」

「動揺してるようですね」

彼は肩を竦《すく》めた。

「何でもないよ」

そう言うと、元は俺が郵便ボックスに残した手紙だった紙屑を、ごみ箱に捨てた。左右に振れたごみ箱の蓋《ふた》がゆっくりと停止するのを、彼は見ていた。

「本当に、何でもない」

そうささやいた。

「本当ですか？」

職業柄身に着けた、気遣わしげな顔つきをしてみせながら、俺はたずねた。

「その手の問題を嗅《か》ぎつけることには、慣れてますんで」

「その手の問題？」

彼は眉間に皺《しわ》を寄せた。途端《とたん》に警戒の色を深め、一歩後退りした。

「ご心配なさらず」

俺はポケットから財布を取り出しながら言った。財布の内側に留められているバッジを盗み見た後でさえ、彼の顔には不安が居座っていた。

さらに名刺を取り出す。彼に渡してから、

「何となくわかるんです、ちょっとした厄介事を抱え込んでいる人を見ると」

俺ができるだけ長く彼の視界に留まるように仕向けたバッジを、彼は凝視していた。財布を折りたたむと、そこでやっと顔を上げた。

「なるほど」

少しもリラックスした様子はなく、そう言った。

「何か助けられることはありませんか？」

彼は下唇を嚙むと、頭を振った。

「ないよ。お気遣いをどうも」

そうつぶやくと、俺が渡した名刺を見つめた。

「向かいの棟に住んでます」

建物の方向を指し示しながら、俺は言った。

「必要があれば、いつでも連絡を」

彼はうなずいたが、まだ少し警戒しているようだった。

「失礼したね」

それでもポケットに名刺をしまってから、彼は手を差し出してきた。

「自己紹介もせずに。ウリエルだ」

彼は姓は名乗らなかった。俺は彼の手を握り、軽く上下に振った。

「すごく珍しい名前だ」

俺は感想を述べた。

「大天使の一人ですね」

彼は微笑んだ。それは、名乗るたびに繰り返し聞かされる同じような感想に、彼がうんざりしているということを示している以外は、何ら他意のない微笑みだった。

「お気遣いをありがとう。じゃあ、失礼するよ」

彼が階段を上り、エレベーターホールへ続く角を曲がった後でさえ、俺はまだ手の中に彼の温もりを感じることができた。

郵便物と紙の束をボックスから掻き集め、小脇に抱える。

ロビーを後にする前に、ごみ箱の中から丸めて捨てられた手紙を拾い上げると、一緒に持ち帰った。

人生のほとんどを、彼の存在を知らずに過ごした。

その事実は、母が黄色と緑の箱の中にしまい込んでいた書類の中の一枚に記されていた。箱には、俺の知らない人々の写真――母が俺に決して話そうとしなかった人々の写真が収納されていた。車検証と、彼女が所有していた小さなタウンハウスの権利書もあった。喉頭がんを患《わずら》っていた母が、ある晩、眠っている間に息を引き取ったのも、このタウンハウスでのことだった。

箱の中から出てきた俺の出生証明書の父親の欄には、母が最後まで口にしなかった人物の名前が記されていた。

ウリエル・ブラックストーン

その名前を発見した当時、俺は在職四年目を迎えた警察官だった。

この人物を探し出すだけの広範な知識は身に着けていた。母が俺に与えてくれた孤独な人生に残された、唯一の生物学的繋がり。

二十三歳になってなお、再び父親を持ったことに、俺は興奮を覚えた。

俺は彼を見つけ出すためのいかなる手段も利用した。彼の拒絶や怒り――これまで存在すら知らなかったかもしれない息子による、日常への予期せぬ介入への反応――それらに対する俺自身の恐怖さえ顧《かえり》みずに。

八ヵ月後、彼の居場所を特定した。

父は別の州の、郊外の街に移り住んでいた。

俺は彼を探るために休暇を取った。彼がどんな外見なのか、どのような人物なのか、見極めるために。

出生証明書に父親として名前を留めながら、なぜ母が生涯を通して彼のことを口にしなかったのか、その疑問に対する自分なりの要約を試みるためでもあったかもしれない。

どこにでもある名前ではない。見つけ出すのは簡単だった。

彼は小さな投資会社で働いていた。高価なスーツを着用し、ヘアスタイルは幾分勿体《もったい》ぶっていた。身嗜《みだしな》みはきちんとしており、年相応には見えなかった。左手の薬指にはシルバーリングを嵌めていたが、彼がすでに妻帯者ではないことは知っていた。

俺は、交通事故による悲運な死を遂げた彼の妻に関する報告書を発見し、眼を通していた。

この時の事故で、彼の左のこめかみには眼に見える外傷が残された。二人には事故から生還した、俺よりわずか二歳年下の息子がいた。

三日間、俺は父を観察し、彼の日常を把握するために尾行した。

彼に変わった癖はなかった。仕事へ行き、昼休みには地元のカフェで同僚とランチを摂《と》った。仕事が終わると最新モデルの高級車で、〈ゴールデン・フォールズ・エステーツ〉という名の、塀で囲まれた高級集合住宅《アパートメント・コンプレックス》にある自宅へ向かう。

休暇から戻ると、俺は異動を願い出、勤務地を離れた。

父の近くにいたかったのだ。

もちろん、上司にそんなことは言わなかった。父のことは、俺だけの問題であって、他人に知らせる必要はないからだ。

年が明けるまでに、段取り通り俺はまさに父が住んでいる街の警察署の巡査に就任し、〈ゴールデン・フォールズ・エステーツ〉の新たな住人となっていた。不動産エージェントには、父が住んでいるアパートと、小さな中庭を挟んで向かい合っている棟にしか関心がないことを主張しておいた。

俺の寝室の窓からは、彼の家の居間が見えた。幸せだった。

出勤の準備を済ませ、自分のアパートを出て黒いセダンに滑り込む彼を見るために、俺は毎日早起きをした。彼が自宅を後にすると、俺も仕事へ行く準備に取りかかった。

一日中、彼についてあれこれ巡らせる思いで、頭はいっぱいだった。

当初、手紙を書くことは計画になかった――父が帰宅しなかったあの金曜の夜までは。彼は土曜の昼下がりになって帰ってきた。女と一緒だった。

俺は激怒した。自宅へ続く階段を、彼が女を伴《ともな》って上っていく様子を見つめている間、怒りは燃え上がり続けた。俺の窓からは、居間を横切った二人の姿がごくわずかに見えただけだった。

女が日曜まで滞在すると、何をすべきなのか、俺は決断を下していた。見知らぬ者がもたらす危険性について、父は忠告を与えられるべきなのだ。

だが手始めに、確証を得る必要があった――彼が俺の父親だということはほぼ確信していたが、疑いの余地のない証拠を手に入れる必要があった。

ある土曜の朝、俺は彼のアパートのドアをノックした。

乱れた髪と、皺の寄った寝間着代わりのTシャツ姿から推測するに、彼は寝起きのようだった。ドアがノックされた時、ジーンズに慌てて足を突っ込まなくてはならなかったはずだ。

「何か？」

俺を確認すると、眠そうな顔の上に笑顔を何とか引っ張り出してきて言った。わずかに開いたままのドアに寄りかかって立っている。

「どういうわけか、あなた宛ての郵便物を受け取ってしまって」

俺は彼に封筒を差し出しながら言った。それは今朝、自分で書いたもので、以前、彼に送りつけたものと同じ内容の手紙だった。

彼は、手紙には手をつけず見下ろした。何かはわかっているはずだ——封筒から簡単に見分けがつく。

「捨ててください」手紙を受け取らずに、そう言った。「わざわざ来ていただいたのに、申し訳ない」

俺は眉を顰《ひそ》めてみせた。

「これが何かご存知なんですか？」

彼は溜め息をつき、頭髪に指を滑らせた。

「このところ、私に嫌がらせをする人物がいてね」とうとう、彼は言った。「なぜなのか、誰なのかもわからないが」

俺はうなずいた。

「助けになりますよ」掌《てのひら》に封筒を軽く打ちつけながら提案する。「少しお時間をいただけますか？」

彼は不安げで、居心地が悪そうに見えた。

「俺を信用してくださいね？」

ぎこちない微笑みが返ってきた。

「もちろん……入ってくれ、巡査」

そう言うと、一歩脇に退き、俺のためにドアを大きく開けた。

「コーヒーを用意するから、その後で話そう」

彼がキッチンでコーヒーメーカーを準備している間、俺は居間を眺め渡した。

写真が飾られている――四枚とも、似たような銀色の四角いフレームに納まっている。一枚は、柔らかな光の下で、花束を膝に乗せて幸せそうに微笑んでいる女性の写真だ。もう一枚は海兵隊の制服に身を包んだ若い男の写真だった――男は彼に似ている。

また別の一枚は、一面の青空の絵を背景に、三人の人物が一緒に写っている写真――スタジオで撮られたものだ。男の子は小さく、おそらく撮影当時の年齢は十歳ぐらいだ。女性の方は、明らかにもう一枚の写真と同一人物だが、こちらももっと若く見える。父は二人の後ろに立っている――彼は現在とほとんど変化がない。

四枚目は額入りの証書を、俺の知らない誰かから受け取っている父の写真だった。贈呈者は重要人物のように見える。

「数分でできるよ」

キッチンから出てくると、彼は言った。

「私にもちょっと時間をくれないか。もう少しまともな服に着替えてくるよ」

うなずくと、彼は俺の脇を擦り抜け、寝室に消えた。

俺はキッチンへ行き、滴《したた》り落ちるコーヒーを見つめた。すでに部屋全体が芳醇《ほうじゅん》なナッツの香りに包まれているが、ドリップの速度は遅かった。

俺は署の証拠保管庫から拝借した睡眠導入剤の小瓶をポケットから取り出した。ドリップされたばかりのコーヒーが入ったポットに、中身を全部ぶちまける。

居間に戻ると、窓から外の様子を窺《うかが》った。自分の寝室が、半分閉じた縦型ブラインド越しに、わずかに見える。彼がジーンズにたくし込んだ白いボタンダウンシャツ姿で戻ってくるまで、俺は窓際に立ち、自分のアパートを眺めていた。

ヘアスタイルをブラシで整える時間も取ったようだ――側頭部から飛び出していた手強い寝癖も撫でつけられている。

だいぶ眼も覚めたようだった。眼の奥に、警戒の光を覗《のぞ》かせている。

キッチンへコーヒーを取りに行く前に、彼は俺に椅子を勧めてくれた。

運ばれてきたふたつのマグカップには、彼が以前、働いていた会社のロゴがプリントされていた。彼は、ガラス製のカクテルテーブルに置かれていた丸いコルクのコースターを移動させ、テーブルにセットした。俺の左隣の椅子に座り、マグカップをひとつ手に取った。

残った方を仕草で勧められたので、俺はそれを自分の側へ引き寄せた。

「手紙は読みました」

封筒を折りたたんでしまったポケットを叩きながら、俺は言った。

彼はマグカップを持ち上げると、両手で包んだ。背凭《せもた》れに身を預け、じっとコーヒーを見つめる。

「どうして誰かが私を悩まそうとするのか、理解できないよ」彼は言った。「把握している限りでは、どんな敵もいない……」

俺はコーヒーで掌を温めるように、マグカップを持っていた。

「これまでのデートのお相手は？」

彼はコーヒーを一口飲み、彼は肩を竦めた。

「思い当たる節はない。」私に対し怒りを抱いているような過去の相手は」

「なぜ通報しないんです？」

返答を慎重に模索《もさく》している様子で、彼はマグカップの縁を指で軽くタップした。

「手紙には、これといって明白な脅し文句はない。警察もたいしたことはできないだろう」

俺はうなずいた。

「実を言うと、この地域にはまだ詳しくないんです」俺は言った。「数ヵ月前にカリフォルニアから移ってきたばかりで」

彼は自分のコーヒーを飲みながら、注意深く聞き入っている。

「それでもあなたが地元警察に何を期待されているかはわかりませんが、俺が力になると保証しますよ、ウリエル。あなたを十分に悩ませているとしたら、事件として成立しますから」

彼の顔に光が差し、笑みが零《こぼ》れた——微笑むと、とびきりのハンサムだ。偽らざる彼自身の姿と、その魅力が顔の上で最高の輝きを放ち、その一瞬、彼は純粋に幸せそうに見えた。

俺自身も幸福感を覚えたが、同時に哀しくなった。

この人が、俺の二十三年余りの人生から欠落していたのだ。

棚に置かれているフレームに眼を向ける。この時初めて、彼の死んだ妻と息子に対して、一点の曇りもない憎悪を抱いた。

彼らが俺から父を奪ったのだ。

「大丈夫かい？」

怒気を孕《はら》んだ黙考から俺を救い出すべく、彼が言った。笑顔は霞《かす》んでいたが、まだ消えてはいなかった。

「ええ」彼の素晴らしい微笑みによって現実に引き戻され、「ちょっと他のことに気を取られていただけです」

彼は、写真に向けられていた俺の視線を追跡してから、もう一度、ちらっとこちらを見た。それから、シルバーリングが嵌《はま》っている自分の薬指を持ち上げ、じっと見つめた。

「彼女は三年前に亡くなったんだが、まだ指輪を外すことも写真を片付けることもできずにいる」

彼は言った。

「私のような老犬には、一歩を踏み出すことが難しくてね」

「一生のお相手だったみたいだ」俺は言った。「失った後でさえ、そこまで愛せる誰かを見つけるのは簡単なことじゃない」

彼はうなずくと、考えを纏《まと》めるための時間を稼ごうと、コーヒーを啜《すす》った。

一過去の追想から抜け出せないうちはデートも難しい」彼は笑った。一そういう点では、女性ははっきりしてるからな」

俺は彼に同意し、マグカップを自分の口へ持っていったが、中の液体が上唇に触れる程度、傾けるにとどめた。

「辛かったよ」彼は肩越しに、ちらりと写真を見てから続けた。「だから、フィリップがいてくれたことに感謝してる。何週間もベッドから出られないほど荒《すさ》んでいたんだ。人生を無駄に費《つい》やし、眠っている間に死んでしまえたらと願っていた。だが、あの子には、内に秘めていた強さがあった……私が彼女なしで生きていく方法を会得《えとく》するまで、この情けない尻を叩き続けて、そんな生活から引き摺り出してくれた」

「彼は海兵隊にいるんですね」

俺がそう言うと、父は溜め息をついた。

「ああ、大学を中退して入隊した。今はドイツのどこかにいる」

彼はさらにコーヒーを飲み、マグカップをコースターの上に戻した。マグカップは半分空になっていた。

「すまないね」彼は眠そうに言った。「退屈な、取り留めのない話を」

「とんでもありません」

俺は言った。腕時計を見る。まだ十分しか経過していない。もっと時間を稼ぐ必要がある。

「手紙について思い出せることをすべて話していただけますか？　何かで揉めた経験を思い出せませんか……小さなことでもいい、ご近所とのいざこざだとか、あるいは職場関係は？」

彼は再びマグカップを持ち上げた。

「特に思い当たらないな」

「まあ、こんな場合、何が重要になってくるかはわかっていますから」俺は言った。「任せてください」

睡眠導入剤が誘う眠りへと彼が落ちていくまでに、四十分の時間と二杯のコーヒーが必要だった。三十分後に襲ってきた〝頭痛〟と格闘した後、彼は中座を願い出た。俺はその場にしつこく留まり、薬が彼の意識を完全に奪うまで一緒にいた。

二十分近く、俺は座ったまま彼を見つめ――カウチの肘掛けに腕を広げ、ぐったりとしている彼の様子を観察していた。傾いた頭はクッションに凭れかかっている。瞼は閉じられており、濃い睫毛《まつげ》が扇《おうぎ》のように広がっている。

彼は若く、無防備に見えた。

父を見つめながら、俺は彼の特徴のどこを受け継いだのかと思いを巡らせていた。自分が彼に似ているとは思わなかった。

俺は立ち上がり、彼のアパートを歩き回った。

できるだけ慎重に、あらゆる場所を探索した。彼がどのような人物か知りたかったので、最初に寝室へ行った。

寝室はとりわけ男性的な香りがした――おそらく、コロンとアフターシェーブの匂いだろう。いい匂いだった。ベッドは整えられていなかったが、その点を除けば、部屋は清潔に保たれていた。衣服はすべてきちんと掛けられており、ベルトもクローゼット内のハンガーに通されていた。

寝室に繋がっているバスルームはこざっぱりとしており、洗面台の棚板には数えるほどの洗面用具しか置かれていなかった。彼はミニマリストで、雑然としていることが好きではないのだ。

父との間に清潔好きという共通点を見つけて嬉しくなり、俺は一人微笑んだ。

彼のアパートには、小さな机とツインベッドがある部屋が、もうひとつ余分にあった。机の上に置かれた閉じたノートパソコンの横に、ブリーフケースがある。ツインベッドは、いつでも使用できるようにシーツとブランケットが整えられており、ここは来客用の部屋のようだ。この部屋の唯一の内装は、〝TEA〟と書かれたアンティークのケトルを描いた額入りの油絵だけだった。

俺は居間に戻った。

父は最後に見た時と同じ場所にいた。

今度は彼の身体を持ち上げ、寝室へ連れていった。ぐったりとした身体をシーツの上に下ろし、乱れたままのベッドに横たえる。毛髪の間に指を滑らせると、柔らかかった。ある種の興奮が俺の体内を駆け巡り、性的な衝動を覚えた。

この男は父親だ。かつては他人のものだったが、今は俺のものだ。

「どうして俺を捨てたんだ？」

彼の下唇に親指を這わせながら、ささやいた。

そんな質問を口にした自分に、俺は驚いた。まるで、そんな考えはこれまで一度も脳裏を掠めたことがなかったかのようだった。

自分の声に、怒りが込み上げてきた。

俺は上体を屈め、彼の口唇にキスをした。その程度では満足できなくなると、口を開けさせるため彼の顎《あご》の合わせ目を摑んだ。口腔《こうこう》へ滑り込ませた自分の舌で、彼の舌ときれいに並んだ歯を舐めると、コーヒーの味がした。

「あんたを本当に愛してる」

俺は言った、率直に。

彼の首筋、そして小さな咽喉仏にまでキスをして。

父を、身体の下から引っ張り出したシーツとベッドの間に押し込む。

俺は再びアパート中を観察して回り、最終的にはキッチンで鍵の束を発見した。

それをポケットに押し込んだ。

彼の携帯電話はカウンターの充電器に差し込まれた状態になっていた。立ち去る前に、その電源をオフにした。

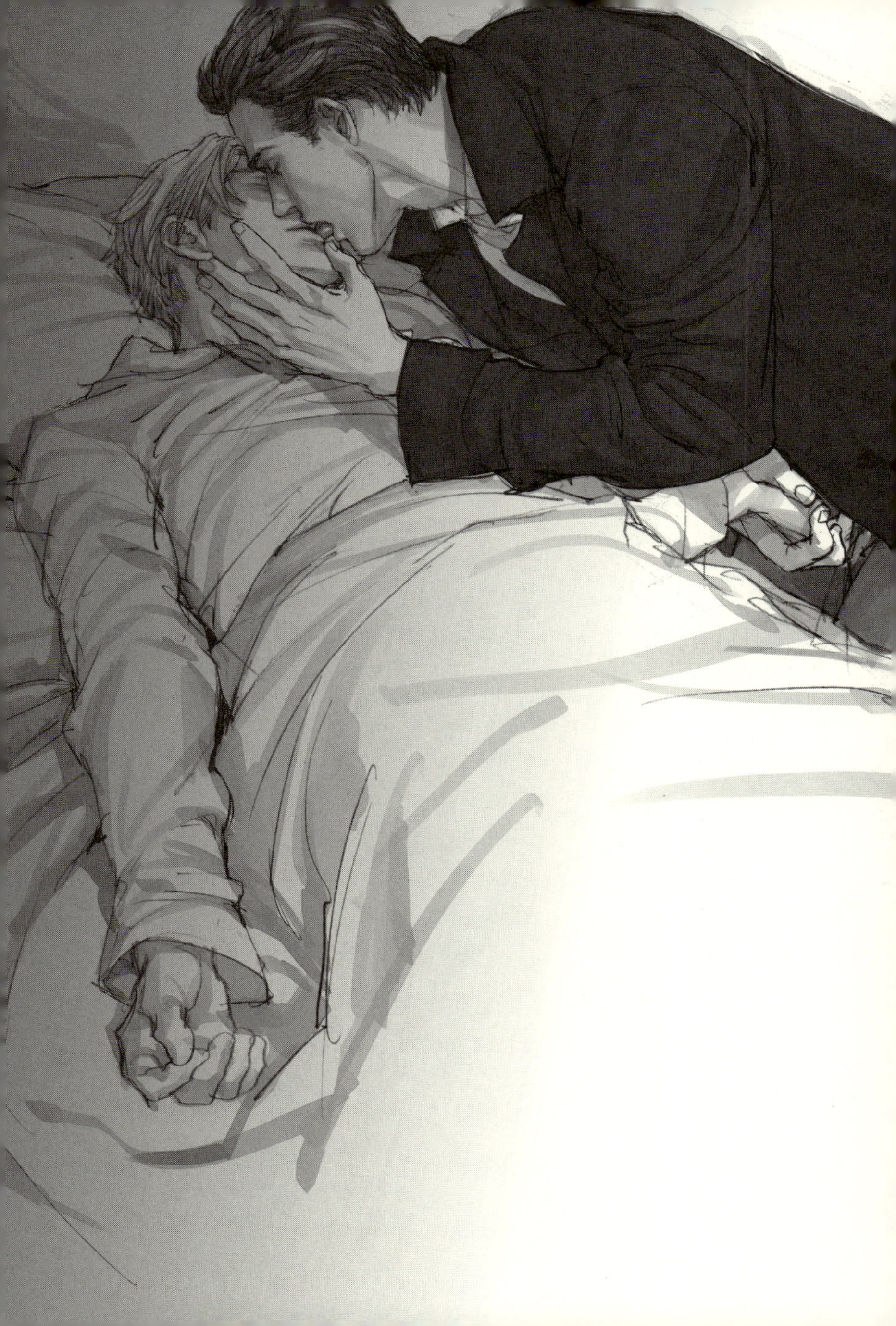

キーフォルダーには六本の鍵が繋がれており、それらとは別に、彼の車のロゴが刻印された金属製のバッジがぶら下がっていた。その高級車は鍵屋が複製できない特殊なチップをバッジの中に内蔵している。鍵束の中の一本が郵便ボックス用だということは知っていた——自分のものと瓜《うり》ふたつだからだ。

俺は鍵屋に他の五本の鍵のスペアキーを作らせた。それぞれ、何の鍵かはわからなかったが、そのことは問題ではない。このどれかが、彼のアパートの鍵だということが重要なのだった。

もう一件、済ませねばならない用事があった。時折会っている看護師の友人に会いに、地元のクリニックを訪れた。

父をベッドに残して立ち去ってから、二時間近くが経過していた。

先に自分のアパートへ戻り、友人から拝借した救急キットの中から、空の注射器と消毒液を持ち出した。〝借り物〟の鍵が入っている側とは反対のポケットの中で、作ったばかりの五本の合鍵がガチャガチャと音を立てていた。

彼のアパートに戻ると、ドアが開くまで合鍵を一通り試した。

俺は、探し当てた鍵を尻ポケットにしまった。

部屋の中は静かだった。

真っ直ぐに向かった寝室で、俺が立ち去った時と寸分違《たが》わぬ体勢で、彼はまだ眠っていた。睡眠導入剤の効果は八時間持続するが、投薬量を正確に測ったわけではない。予定よりも早く目覚めるかもしれない。

「ただいま」

俺はベッドに腰掛けると言った。体重分だけマットレスが沈み込む。

「俺がいない間、寂しかったかい？」

彼の足を包んでいるシーツを引っ張り、その下から左足が現れるまで、シーツの縁を巻き上げる。

「ここから血を抜くべきじゃないってことは知ってるが」

ポケットから、一回分の消毒液とともに空の注射器を取り出しながら言った。

「でも、この方が痛みは少ないからな」

俺は彼の片足を自分の指で上下に擦った。無反応が返ってきたところで、足首の静脈を探る。多少の時間を要したが、見つかった。

注射器で血液を抜き、針にキャップをする。

コートのポケットに注射器をしまった時、布地越しにも血液の温もりを感じることができた。

ふしぎな興奮を覚えた。

ポケットの側面に押しつけられた父の温もりの一部を、俺は今、こうして感じている。小さな針痕からの出血がやむまで、俺は消毒液が染み込んだ四角いコットンを押しつけていた。

その後でもう一度、彼の身体にシーツを掛けた。

彼の片手を自分の張り詰めた股間に押しつけながら、俺は彼に口づけした。頭の中では、彼がじっと俺を見つめ、手の中に握り締めた俺自身を扱《しご》く姿をイメージしていた。肉体の内側で欲望が燃え上がった。

父の中に自分自身を押し込みたいという欲求で、おかしくなりそうだった。そのやり方で、彼の温もりを感じたかった。

俺は彼の舌を舐めるだけではなく噛んでいることに気がついた。

上体を起こし、彼を傷つけてしまう前に自分から離れた。彼の寝顔はまだ天使のようで、平穏そのものだった——俺の行いによって乱された点を除けば。口唇は濡れており、わずかに腫《は》れているように見えた。

「ごめんよ」

そうささやいてから、バスルームへ移動した。

自慰を済ませ、トイレットペーパーの塊《かたまり》を水に流した。渦《うず》を描く水が欲望の証《あかし》を押し流すのを眺めている間も、俺の息遣いは荒かった。気持ちは落ち着いていたが、十分に満足したわけではなかった。再び欲望が湧き上がってくる前に、この場を退散しなければならないことはわかっていた。

俺は彼宛てにメモを記し、ベッド脇の目覚まし時計の下に差し込んだ。それから、もう一度アパートをチェックし、警報システムがないことを確認した。

コーヒーメーカーのポットを空にして濯《すす》ぐ。居間に残されていたふたつのマグカップも片付けると、洗って水切り台の上に置いた。

俺は彼の携帯電話の電源を元に戻した。液晶画面は、〝シェリル〟からの着信が三回あったことを告げていた。

おそらくシェリルというのは、一ヵ月前にこのアパートに泊まっていった女だろう――いまいましかった。

だが、父が俺のものに、俺だけのものになるまでにそう長くはかからないはずだ。

そう考えることで、自分を宥《なだ》めた。

自分の血液は採血キットで採取し終えていた。俺は液体で満たされた二本のシリンダーを専用ケースにしまった。小さな白いステッカーに〝A〟と〝B〟と記入し、それぞれに貼った。

それから、友人が週末のシフトで作業中のはずの研究室まで車を走らせた。

数週間前、彼の妻が違法駐車でチケットを切られた際に、その一件を俺が揉み消してやった。彼からはそのお返しに、個人的な頼みを聞いてもらう約束を取りつけていた。

「親子鑑定だけでいいのかい？」

俺から小さな専用ケースを受け取りながら、彼は言った。

「犯罪性はまったくナシ？」

「ないよ」俺は言った。「サンプルAは父親でBは息子だ。検査結果が出てどうすべきかわかるまでは、匿名《とくめい》にしておきたいそうだ」

「最近じゃ、そういう目的のために家庭用キットがあるんだぞ」

彼は言った。

「何にだって家庭用キットはあるだろ」俺は言った。「だけど、検査結果について、確かな知識を持ってるやつに頼みたかったんだ」

「法廷では使えないぞ」彼は言った。「ぼくがやることは、厳密には正式な検査でもなけりゃ合法でもないんだ」

「法廷に持ち込んだりしないさ。彼らはただ、自分たちのために知る必要があるだけだ」

友人は専用ケースを開けると、血液で満たされたシリンダーを観察した。

「わかったよ。今夜遅くか明日の朝早く、結果を電話で教えてやる。ラボにいるやつらが帰ってから取りかかるよ」

俺は彼に親指を立ててみせてから立ち去った。

車へ戻った時には、〈ゴールデン・フォールズ・エステーツ〉へはまだ帰らないと決めていた。帰ったら彼に会いたいという誘惑に駆られてしまうだろう。彼に触れたいという衝動に。

彼のことを愛している。この愛は今日を経ればさらに深まることは疑いようがなかった。そして、もし彼が父親でないなんてことになったら、俺はその事実にこっぴどく打ちのめされるだろう。


俺は車のボンネットに腰掛け、煙草の合間にビールを飲んでいた。高校時代以来の喫煙では、自分を落ち着かせることができなかった。煙草ではうまくいかないとわかると、ビールの六缶パックを買ってきた。こちらはよく効いた。

俺がいるのは、未成年たちがプライバシーを必要とする時に来るような人気のない場所だ。ここからは街が見下ろせた。陽はまだ完全に沈み切ってはおらず、空はオレンジと黄に染まっている。

一時間後には、街の光景は家々の窓明かりの小さな点で埋め尽くされるだろう。それはまた、俺が座っているこの場所が、喧《やかま》しい若者たちを乗せた安っぽい車に占拠される時間帯でもあるはずだ。

電話が鳴った。

父からだった。

「すまない」

通話ボタンを押すと、開口一番、彼は言った。喋《しゃべ》り方からして、意識が朦朧《もうろう》としているようだ。

「何が起こったのかさっぱりだよ……」

「気にしないで」俺は言った。「よくあることです。きっと、最近感じてらっしゃるストレスのせいですよ」

納得した様子は感じられなかったが、父は俺の意見に同意した。それから、謝罪を繰り返した。

「明日、また家に寄りますから、会いましょう」俺は彼に言った。「今日の続きを。どうか気をつけて、できればちゃんとベッドに戻ってくださいよ」

「ありがとう」

彼はそう言い、電話を切る前にもう一度謝罪した。

太陽が完全に沈み、若者たちが運転する車が、外れかけたマフラーの耳障りな音とともに坂道を登ってくるまで、俺はその場に留まっていた。

それから家に帰った。


報告が舞い込んできたのは、アパートのゲートに辿り着いた時だった。職場を立ち去る前に友人が電話をくれたのだ。

「一致したよ。まあ、九十九パーセント間違いないと言っていい」彼は言った。「本人たちが望んでた結果か？」

嬉しさの余り、俺は声を上げて笑い出しそうになった。

「ああ、彼らの期待通りだよ。ありがとう」俺は言った。「サンプルは破棄《はき》したか？　お前を厄介事に巻き込みたくはないんでね」

「ああ、もちろんだ。もう破棄したよ」彼は言った。「署内メールで報告書のコピーを送るよ」

「すまんな」専用の駐車スペースに車を乗り入れながら、俺は言った。「それと、貨物車両の積み下ろし専用区域には車を停めるなと、カミサンに言っておけ」

彼は笑った。

「ハイハイ、わかってるよ。じゃあな」

駐車場からアパートへ戻る間、笑顔を堪《こら》えることができなかった。

自分の部屋へ辿り着くなり、彼の姿を探す。

彼は自宅にいた――居間の明るい光越しにシルエットが見えた。

部屋の中を行ったり来たりしながら、カウチに座っている俺には特定できない誰かと話しているところだった。

座っている人物が立ち上がった瞬間、俺の幸福感は瞬く間に霧散《むさん》した。ほっそりとした女の人影が父を抱き締め、彼も相手を抱き締め返した。

激しい怒りが込み上げてきた。それは、ホルスターから拳銃を引き抜き、彼のアパートへ直行するという考えに囚われるほどの、強い衝動だった。

「よせ……」

俺は自分に言い聞かせ、ブラインドを閉じた。なんとかその場から離れたことで、もう彼らの姿を見なくて済んだ。

だが、俺は自分の中の憤怒《ふんぬ》に駆り立てられ、父にはすぐにでも厳しい教訓を与えてやらなくてはならない、という考えに至っていた。

彼がその教訓を得るために、たとえ俺が彼を傷つけなくてはならないとしてもだ。

苛立ちながら、俺は再び自分のアパートを後にした。だが今度は、自分がどこへ向かおうとしているのかはよくわかっていた。

2

翌日、事前に伝えていた通り、彼の家を訪れた。

父は俺に、もう心配してくれなくても大丈夫、と礼儀正しく話し、別れを告げた。彼にはこれから予定があるらしく、出てきた時の装いは、きちんとアイロンがけされた揃いのシャツとズボン姿だった。しかし俺は、彼が俺に対して用心深くなっているのを感じた。不快な夢となって現れた記憶――俺に触られ、キスをされた記憶が蘇ったからなのか、あるいは、彼は鋭い直感の持ち主なのか、俺にはわからなかった。彼の心を読むことはできなかった。

それ以降、俺は距離を置きながらも、常に視野の端に彼を捉《とら》えて過ごした。

ともかくも、計画の準備を整えるには、もう少し時間が必要だった。

そして準備が整うまでに一ヵ月が経過した。

その間、駐車場や共用スペースの郵便ボックスの前で彼と鉢合わせると、親愛の情が籠《こ》もった微笑みを返してやった。二度ほど、彼の職場までパトカーを走らせ、オフィスから同僚と出てきたところを捉《つか》まえた。俺に挨拶《あいさつ》した彼の笑顔は神経質でぎこちなく、一言交わしただけで去っていった。

その日はやってきた。

上司には、片付けなくてはならない家族の問題が生じたと話し、二週間の休暇を取った。それは半ば事実だった。俺はレンタルした四駆のトランクに、時間をかけて集めた必要な道具を詰め込んだ。

彼のアパートへ行くと、中へ侵入した。これからあと一時間。彼が金曜の夜を友人たちとバーで過ごすために出掛けたのなら、帰宅するまで、おそらくあと三時間。

俺は革製の手袋を装着してから、フロアスタンドの電球の口金を緩めた——玄関ドアの横にあるスイッチと連結している、上向きシェードの二脚のフロアスタンドだ。

もう一度、彼のアパート内を歩き回った。今回は、クローゼット内にきちんと納まっているワードローブを調べる。その片隅に、空のキャリーバッグが押し込んであった。

キャリーバッグの中に、彼のシャツとズボン、下着、いくつかの洗面用品を収めた保存袋を詰め込んだ。作業時間のほとんどが、彼に何を着せたいかを決定するために費やされた。彼はしゃれた衣類ばかり所有していた——その多くは、有名ブランドの高級品だった。稼ぎがよく、見てくれのために金を注ぎ込むことを惜しまない人だ。

キャリーバッグをドアの傍《そば》に置いておき、冷蔵庫の中を検《あらた》める。俺は勝手にビールを一本飲んだ。彼は輸入物を好み、缶ではなくボトルで飲む。俺と同じように。

階段を上ってきた足音が玄関ドアの前で立ち止まるまでに、ケースの中の〈ケルシュ〉を二本空けていた。

ボトルから最後の一口を飲み干し、立ち上がった。彼が鍵穴に鍵を差し込んだちょうどその時、俺は準備を済ませた。

部屋は暗く、闇に順応する十分な時間はあったものの、馴染《なじ》みのない場所で思惑通りに動くのは難しかった。電気のスイッチがカチリと鳴るのを聞いた時、彼がどこに立っており、その手がどこにあるか、俺にはわかった。こちらが有利な点はそれだけだ。

手首を摑まれ、室内に引き摺り込まれた彼には、電気が灯《つ》かないことにはっとする余裕もなかった。驚きのため喘ぎ声のような吐息が漏れた。手から、ブリーフケースが滑り落ちる。彼が何か言葉を発する前に、俺は片手でその口を塞いだ。彼の背中をドアに叩きつけ、その勢いでドアを閉めた。

彼は反射的に俺の手を押し退けようとした。俺が腹部に強い力で膝を押しつけると、上

体をくの字に曲げ、覆われた口から慄《おのの》きの声を漏らした。

「抵抗するな」

相手に正体がばれないよう声のトーンを落とし、低く唸《うな》った。

「抵抗すれば、結末は最悪だ。保証するよ」

彼は深々と呼吸し、何とか肺に空気を取り込もうとした。俺の手は、その口をしっかりと覆っている。

「今頃になって、あれこれ判断を誤ったと思ってるんだろう」俺は彼の耳の奥にささやいた。「事前に受けていた忠告を聞いていればよかった、とちょっと後悔してるよな？」

暗闇の中では、彼の顔は見えなかったが、その眼が大きく見開かれていることは想像できた。彼の呼吸が乱れた――指で感じる。俺は、怯えている彼に興奮し、どうしようもなく欲情している自分に気づいた。

「言うことを聞くなら、傷つけたりしない」

自分を落ち着かせるために、息を吸い込む。

「わかったか？」

彼はうなずこうとしたようだ。ごくわずかに動いた。

「いい子だ」

ポケットから綿麻製の薄いリネンの切れ端を取り出し、手の中で球状に丸める。

「しーっ」

彼の口から、手袋を嵌めた手を外しながら言った。親指と人差し指で顎の合わせ目をきつく摑むことで、支配力を維持する。彼は再び足掻《あが》き出したが、口の中にリネンを突っ込まれると、一言も漏らせなくなった。リネンが吐き出される前に、俺は彼の口を閉じた。

「よし……」

もう一枚の布を口に巻きつけ、猿轡《さるぐつわ》をしようとすると、彼はドアを喧しく蹴とばし、身体を捩《よじ》って暴れ出した。両手を持ち上げ、俺の腕に指先を食い込ませる。怒りの炎が燃え上がり、ほんの一時、俺は冷静さを失った。ドアを叩くのをやめさせるため、彼を入口から引き離した。そして彼の顔面を、手の甲で平手打ちした——ぴしゃりという大きな音が、暗い室内に響き渡った。強打したわけではなかったが、彼はよろめいた。反動で足を取られ、手をつく余裕もなく倒れる。

その場に膝をついた時、彼は暗がりの中でもキャリーバッグの輪郭《りんかく》を眼にした。

俺は前屈みになり、首根っこを摑んで引っ張り、彼を俯せに組み敷いた。

彼はまだ首を捻《ひね》り、バッグの方を向いていた。

「その通り」ポケットから手錠を取り出しながら、俺は物柔らかに言った。「俺たちは旅に出掛ける」

彼の片方の手を背中に回し、状況を理解できないでいるところに手錠をかける。

彼はパニックに陥《おちい》りかけ、もう一方の手を俺に取られることを拒んだ。猿轡によって、悲鳴は抑え込まれた。彼はいい音を発する。

「暴れたのは恐怖のためだろう。だから赦《ゆる》してやる」

俺はそう言うと、膝を彼の背骨に押しつけ、抵抗がだんだんと小さな動きに収まっていくまで、体重をかけていった。もう片方の手首を摑んで背中の方へ引っ張り、手錠をかける。

「だが、これ以上は駄目だ……」

俺は上体を傾け、彼の首の後側にキスをした。

「ここからは、ルールに違反するごとにあんたを罰する」耳元にささやく。「あんたが学ぶまで、罰はどんどんひどくなっていくからな」

俺は手錠に鍵をかけ、彼を床に横たわらせておいた。動かないように言い、先ほどまで飲んでいたビールのボトルをビニール袋に入れ、キャリーバッグのポケットに押し込む。それから寝室へ戻り、探していたものが見つかるまで、クローゼットの中を漁《あさ》った。

戻ると彼は同じ場所にまだ横たわっていた。ぼんやりとしているその輪郭に眼を凝《こ》らす。何とか息をしようとしているが、呼吸音が不規則なことが聞き取れる。

「いい子だ」俺は近づいて言った。床に膝をつくのを手伝ってやり、マフラーを鼻と口に巻きつける。「怖がらなくていいよ、俺は本当にあんたが好きなんだ」

彼を立ち上がらせ、ロングコートで肩を包んでやる。

「これからドライブだ」

俺はロングコートの内側に手を入れ、手錠の鎖に指を引っかけた。

「逃げようとするな。誰かに合図を送るのも駄目だ。頭を真っ直ぐ持ち上げ、眼を正面に向けてろ」

俺はジャケットの下に隠すように、腰に装着していたホルスターから拳銃を抜き出して彼に見せた。

彼は深く息を吸い込んだ——わかりやすい反応だ。

「おとなしくしているうちは……」

最後まで言い終わらずとも、伝わっているはずだ。

手錠を摑んでいる手で彼を誘導し、腕にキャリーバッグを提げ、俺は彼に階段を下りさせた。時刻は午後八時を過ぎており、アパートの玄関前を通過する時、住人たちの生活音が、閉じられたドア越しに聞こえてきた。

通路でも駐車場でも、誰とも擦れ違わなかった。

先に助手席のドアを開け、彼を座らせた。キャリーバッグを後部座席に押し込んでから、運転席に乗り込む。

周囲を見渡すことを恐れているかのように、彼の眼は前方の一点だけを凝視している。俺が車を発進させると、やっとこちらを向いた。その眼は大きく見開かれている。通りを仄《ほの》かに照らす街灯の下で、彼には俺の姿が見えた。

俺は微笑みを返しただけで、彼にシートベルトを装着した。

「話は後だ」俺は言った。「ちょっと予定が押してるしな」

三時間余り、彼は何も話さなかった。ただダッシュボードの辺りを凝視しており、おそらく、自分の身に起こった出来事について考えを纏めようとしていた。

俺は好きにさせておいた。まだ欲情していたし、興奮していた。それに、彼に触れたかった。気を紛らわせるためにラジオをつけ、沈黙を破った。まもなく、彼は眠りに落ちていった。俺はまた放っておいた。休めるだけ休んでおくに越したことはない。

車が舗装道路を外れた時、彼は目覚めた。わずかに雪を被《かぶ》った岩が散在するでこぼこ道の上で、車が左右に揺れた。

彼はできるだけ真っ直ぐ座っていようとしていた。

俺は腕を伸ばし、その太腿を叩いた。

「大丈夫だよ」

そう言った。

彼は周囲を見渡し、俺たちを包囲する闇に眼を凝らした。

突風を伴って降り始めた小雪は、行く手に広がる裸の木立を背に、白い点となってヘッドライトに照らされている。

俺は彼の方に身を寄せ、マフラーをずり下ろした。噛ませていた布の切れ端の結び目を緩め、猿轡を解いてやる。

彼は車内の床に、湿ったリネンの塊を吐き出した。

「私をどこへ連れていくつもりだ？」

乾いた、嗄《しゃが》れ声で吐き捨てる。

「誰にも邪魔されないどこかだよ」俺は言った。「二人で埋め合わせができる場所」

「何の埋め合わせだ？」

彼は言った。怒っている。俺はそれだけで硬くなった……と言っても、あまりにも強力に惹《ひ》かれているので、朝の挨拶をしてくれただけでも欲情してしまうだろう。

「また後で」俺は言った。「俺たちの大事なひと時は、車の中でというわけにはいかない」

「きみは警官だろう」

短い間を置き、彼は言った。口調は淡々としており、いくらか冷静になっている。思慮に耽《ふけ》る時間を数分間取った後で、違うアプローチを試みようとしてくる。

その様子を、俺は楽しんだ。

「こんなことは、許されないはずだ……」

「あんたは」俺は彼を一瞥《いちべつ》して言った。「俺のキャリアなんかよりずっと重要だ」

彼の顔が歪《ゆが》んだ。こんな返答は予期していなかったに違いない。

「俺がこんなことをするのは、あんたを愛しているからだ」

平坦ではない道に車体が揺さぶられる中、俺は前方の暗闇に視線を戻して言った。

彼は静かになり、自分の膝を見下ろした。俺が購入し、リフォームに数週間を費やした小屋に辿り着くまでそうしていた。

俺はシートに固定された彼をその場に残し、先に車から降りた。車をロックする手間は取らなかった——たとえ車外へ逃げ出せたとしても、行く宛てはない。俺たちは未舗装の道を六マイル走ってきた。彼には、ここがどこかわからないだろう。

小屋に電力を供給する発電機を稼動させる。屋内は寒かったが、この小屋の狭さであれば、すぐにヒーターが暖めてくれるはずだ。

荷下ろしに取りかかる。その間、彼は俺をじっと見つめていた。車に戻った時、俺は首輪を手にしていた。それを一目見るなり、彼は助手席で身を捩り始めた。

俺は車のドアを開け、身を乗り出した。革と金属でできた鍵穴つきの首輪を手にぶら下げて。首輪のベルトの中央には、太い金属環が嵌め込まれている。

「これは、あんたのためだ」

俺はそれを彼の首に回しながら言った。

彼は手錠から手を引き抜こうとした——手錠の環同士を繋ぐ小さな鎖が、カチャカチャと鳴る音が聞こえる。

首輪を嵌めるまでに小さな抵抗に遭《あ》ったが、シートベルトを装着している状態の方が、後で嵌めるより楽だ。

「なぜこんなことを？」

彼の質問が闇にこだました。

シートベルトを外してやり、車から彼を引っ張り出して小屋へ連れていった。

彼は段差でつんのめった。腕を強く引っ張りながら速く歩くと、彼は抵抗し、ついてくることを拒んだ。

「俺に服従しないとどうなるか、さっき言わなかったか？」

肘関節を捻られ、彼は怯《ひる》んだ。腕が脱臼《だっきゅう》する寸前まで圧力をかけ続けると、気持ちを挫かれたのか、自ら小屋までついてきた。

中に入るやいなや、俺は彼を床に転がした。怒っていた。彼に対し憤慨《ふんがい》していることをわからせるため、ドアを叩きつけるように閉めた。

父の肩からコートが滑り落ちた。彼は床の上で体勢を整えようとしたが、床にボルトで固定された、太い、大きな金属環から伸びる、長さ一メートルほどの鎖を眼にした瞬間、動きを止めた。

彼は周囲に眼を遣《や》り、それから小屋全体を見渡した。どの〝部屋〟も開放的で、よく見渡せる――ベッドが置かれている一角は、二人の寝室になる場所だ。電熱プレートが一面だけの小さな電気コンロは俺たちのキッチン。二脚のスツールと一緒に置かれている小さな丸いテーブルは、俺たちの食卓。ドアを取り除いて置かれた薄い仕切り壁の向こうは、バスルーム。ロココ様式の曲線を取り入れた猫脚つきの、セラミック製のバスタブが半分だけ見えている。居間には、キャビネットと棚、二脚の硬い木製の椅子があり、椅子の座面にはコットンの詰め物が敷いてある。暖炉の周辺に数枚の小さな敷物が敷かれているが、床は板張りだ。

取り立てて特別な空間ではないが、リフォームを終えるのに、数週間という少なからぬ時間を費やした。

「なぜだ……？」

彼は言った。再び起き上がろうとするが、バランスを取ることに苦労している。

その試みが失敗に終わるのを見届けてから、俺は傍に寄り、彼の頭髪を掴んで床に固定されている金属環の方へ引き摺っていった。

鎖の先端を持ち上げ、首輪に繋ごうとすると、彼はまたしても逃げ出そうと悪足掻きを始めた。

彼の自由を奪った後で、俺は二ヵ所に設置されているポータブルヒーターの電源を入れに行った。すぐにでも彼の衣服を剝《は》ぎ取りたかったが、風邪を引いて欲しくはなかった。

「ひとつはっきりさせておく」

そう言うと、二脚の椅子の片方を引き寄せ、彼の足元に移動させた。鎖の長さからして、彼がその椅子に座ることはできないだろう。せいぜい床に跪《ひざまず》くぐらいしかできないはずだ。

俺に転がされた場所にうつ伏せの状態で留まったまま、彼は俺を見上げた。

「俺の協力がなければ、ここを立ち去ることはできないぞ」

反応を見るため、俺は言葉を切った。

彼は無反応だった。

「首輪の鍵なら車の中だ。ここを逃げ出すなら」

俺はドアを指し示して言った。

「ドアを開けるための暗証番号がいる。電子ロックを導入したから。何かの拍子に俺にダメージを与えるか、殺すかできたとしても……誰かがここを見つけてくれるまでには間違いなく、あんたもとっくに死んでるだろうな。それも、あんまり嬉しくない俺の腐乱死体の隣でね。それにしたって、こんな真冬に誰かがここへ来て、中に入る方法を見つけ出せたらの話だ。慰めになるかどうか知らないが、春になればレンジャーたちが巡回に来た時に、俺たちの遺体を見つけてくれるかも。この小屋の電力と暖房システムはポータブル発電機で賄《まかな》ってる。こいつのタイマーは四十八時間ごとに手動でリセットする必要がある。もう察しがついてるだろうが、俺たちはかなり北の方まで来ていて、十二月のこの寒さなら、ここじゃ二日ともたないだろう。窓も浴室のもの以外は塞ぐつもりだ。それだって、せいぜい、六十センチ四方の大きさだ。隣近所はいない。いい子にすれば、快適な日々を過ごせるはずだ」

「なぜこんなことを」

彼はやっと口をきいた。落ち着いており、その口ぶりには、ほとんど諦観《ていかん》が滲んでいた。

俺は立ち上がり、自分のバッグのところに行った。見せる予定でいた書類の束を取り出す。戻ってくると、彼の両手を自由にしてやることにした。手錠を外している時、シルバーの結婚指輪が眼に留まった。

怒りに駆り立てられた。

「こいつを外す時が来たな」

彼の指輪を捻りながら、俺は言った。

「触るな！」

彼は左手で拳《こぶし》を作り、俺の行為を妨げようとした。

「指を折ってやっても構わないんだぞ」俺は言った。「眼に入るだけで、癪《しゃく》に障《さわ》るんでね」

俺は彼の薬指を真っ直ぐにすると、悲鳴が上がるまで指を反り返らせた。指の柔らかい関節が痛みのために引き攣《つ》るのがわかった。指輪を引き抜こうとしたものの、思っていたほど簡単な作業ではなかった。指輪は何年も外されておらず、その形状に沿って指の肉を変形させてしまっていた。シルバーリングが刻み込んだその存在の重みに、俺の中の怒りは一層掻き立てられた。

彼に一言詫びて、指輪を引き抜いた。悲鳴が上がり、小屋中に響き渡った。彼の指に深い裂傷が刻まれ、血の最初の一滴が、爪の先まで引き抜かれた指輪に伝い落ちた。

「ごめん」

謝罪したものの、本心からではない。血に塗《まみ》れた指輪を手に立ち上がる。流しに投げ入れると、排水溝の縁に転がった。手を洗いながら、俺は指輪が小さな音を立てて排水管へ流れ落ちていくのを見ていた。

ハンドタオルで手を拭いてから、棚にしまっておいた赤十字のマークがついたプラスチック製の箱を取り出す。

彼は指先の小さな血の雫《しずく》を凝視している。眼の縁が充血し濡れているが、泣いてはいない。衝撃に打たれているように見える。

「こうする代わりに、切断してもよかったんだ」

俺は彼の手を取り、まだ出血している指の血を拭った。

「だけど、道具がなかった。後悔先に立たず。あれを外す必要があることを予測しておくべきだったよ」

彼は何も言わなかった。俺が指をきれいにしている間、その手はだらりと垂れていた。白いシャツの袖には、すでに血のしみがついている。

「あの指輪とは縁を切らないと」俺は言った。救急箱の中を掻き回し、ロール式のガーゼを取り出す。「あんたにはもう必要のない過去にくっついてた物だからな」

俺はガーゼを裂傷のある指に巻きつけた。傷口からはまだ出血していたが、血が見えなくなるまで巻いた。

「後で交換するよ」濡れたタオルで血を拭きながら言う。「まず先に出血を止めないと」

汚れたタオルを流しに捨て、その上に水を出してから絞った。汚れは落ち切ってはいなかったが、今は後回しだ。指輪に悩まされる前に交わしていた、二人の会話に戻りたかった。

「さてと」

再び自分の椅子に座ると、俺は言った。椅子の下から書類の束を取り上げ、出生証明書の黄色い写しを選り抜く。それを彼の眼の前に引っ張り出した。

彼は書類を見てから、俺を見た。驚いている様子はない。その顔に何か書かれていたとすれば、困惑だった。

「彼女のこと、覚えてるか？」

俺はたずねた。

彼はもう一度書類を見たが、しばらくの間、何も言わなかった。

「きみは――」

俺は首を傾げた。

「その話は後でいい。彼女を覚えてるのか？」

「ああ。私たちは二週間、一緒にいた」

「子作りには十分な長さだな」

俺は言った。

「知らなかったんだ」彼は静かに告げた。「私はすぐにフィアンセの下へ戻り、二度と彼女には会わなかったし、その後、連絡もなかったよ」

「そして、一年も経たないうちに結婚。翌年には子どもが生まれる……その子どものことを、義理の弟と呼んでやってもいいが、俺はそれほど気にかけてない」

「知らなかったんだ」

彼は繰り返した。

「もし知っていたら、どうしてた？」俺はたずねた。「あんたは、俺たちと一緒に、違う人生を歩んでいたかな？」

彼は答えなかった。それはなかっただろう、と俺に伝える必要はなかった。

「母さんは一人で死んだ」

俺は続けた。

「喉頭がんだった。最後の三年間、彼女は一言も喋らなかった。ベッドに座り、窓の外を眺めて毎日過ごしてた。生まれた時からこれまで、彼女は俺って存在を、ほとんど気にも留めていなかった。人生の終わりに向かうに従って、彼女は俺をすっかり無視するようになっていった。どう思う？　彼女は過《あやま》ちの結果である息子に、怒りを抱いていたのかな？俺は、もう戻ってはこない男を思い出させる存在だったのか？」

彼は沈黙していた。視線はまだ、色褪せた紙にしっかりと注がれている。

「でも、そんなことはもういいんだ」

短い間を置いて、俺は言った。友人に調べてもらったＤＮＡテストの鑑定結果を取り出すと、出生証明書の上に重ねて置く。

「あんたが父親だという確証を得た時は、人生で一番幸せな瞬間だったよ。これまでの人生にずっと纏わりついていた孤独が、一瞬にして消えた」

円グラフや棒グラフが表示されているチャートは、彼にとっては何の意味も持たないかもしれない。だが、親子鑑定の意味は理解できるだろう。

「あの日か……」

彼は言葉を紡いだ。

俺はうなずいた。

「あんたが好きだ」俺は言った。「もし、父親じゃないと発覚していたとしても。だけど、やっぱりあんたは俺の……愛してるよ」

彼の眉間に皺が寄る。この状況を、とうとう完全に把握したかのようだ。

「きみは私を知らない」彼は言った。「私の方も、きみのことをまったく知らないと断言できる。私はただ、きみの父親だというだけだ……この書類を信じるならの話だが」

俺は胸の前で腕を組み、彼に不賛同を示す視線を投げ返した。

「せっかくの感動のご対面なのに、あんたにはその気がないわけだ」俺は言った。「もう死んじまった女と、彼女との間に生まれた子どもは愛せるけど、俺のことは愛せないのか」

「今、きみが私にこんなことを行っている以上、きみに〝愛〟を理解する能力があるとは思えないんだが」

「あるとも」俺は言い、立ち上がった。「あんたには想像もできないほど深く、あんたを愛することができる」

俺は書類を踏みつけて立ち、彼を見下ろした。彼の眼には、愛と憎しみに燃え立っている怪物のように映っているに違いない――俺自身、自分の中に怪物を感じた。期待を裏切った彼を傷つけたかった。彼は、俺が思い描いていたような反応を示さなかった。もう一人の息子――彼の最初の子ども――を見つけたという事実に、心を奪われている様子はない。

それればかりか、元の人生から連れ出され、俺の人生に引き込まれたことを怒っているのだ。

「これがきみの解決法か?」彼は言った。「きみの人生に関わらなかった報復に、私を傷つけることが?」

俺は前屈みになり、彼の頭髪に指を滑らせた。

「俺を拒んだら、痛めつけるまでだ」俺は言った。「あんたが俺を愛してくれなかろうが、どうだっていい。だけど、俺を拒むことは許されない」

彼は顔を歪めた。

「この首輪を外してくれ。一緒に家に帰ろう」彼は柔らかな口調で言った。「そして話し合うんだ。私はきみという存在を歓迎するよ。だが、こういう方法でじゃない」

「他にどんな選択肢が?」俺は言った。「父さん?」

その言葉に、火傷《やけど》したように彼はたじろいだ。

俺は彼のネクタイの結び目に指をかけ、引っ張って緩めた後それを肩越しに投げた。どうすべきかわからず、彼は固まっていた。シャツのボタンを外し、ズボンからシャツの裾を引っ張り出すと、鎖が許す範囲で俺から離れようと足掻き始めた。

「やめろ、こんなこと！」

怪我とうつ伏せの姿勢のために動きが制限された中では、自分を裸に剝《む》こうとする俺に対してできることはわずかだった。

俺はその作業に時間をかけた。剝ぎ取った衣服を積み上げていくごとに、露《あらわ》になっていく彼の肉体を堪能した。彼の開いた両足の間に体を割り込ませると、彼は震えていた——おそらくは、恐怖と寒さのために。

「男は初めてか？」

俺はたずねた。

「ああ……」

彼は口ごもった。

「よかった」

内股に手を滑らせながら、俺は言った。

「俺も男は初めてなんだ。でもそんなこと問題じゃない……ただ、あんたを喜ばせたいし、愛してあげたいんだ」

「やめろ！」

ペニスに触れると、彼は全身の筋肉を強張らせた。

「そしてあんたは、俺を同じように愛することを覚えるんだ」

彼を口に含むために上体を屈めながら、俺はささやいた。

彼はまだ足掻いており、両手で俺を押し退けようとしていた――俺にしゃぶられると、逃げ出したい一心で左右に転げ回りながら、やめろと叫んだ。

硬くなるまでには時間がかかった。陰嚢《いんのう》と内腿を舐めると、彼も反応を見せ始めた。俺は後孔に指を滑らせたが、押し込むことまではしなかった。

「そんなに痛くはないはずだ」

半勃ちのペニスを上下に扱き、腹部を舐める合間に、俺は言った。

彼は泣き始めた――眦《まなじり》から涙を零し落としながら、やめろと叫んでいた。

俺は彼をしゃぶることに戻った。咽喉の奥に先端が触れるのを感じるまで、竿を含む。もし彼が同じように俺を含んでくれたら、どんなに気持ちがいいだろう、と想像する。だがすぐに、初めての夜は彼のためのものであるべきだ、という考えに立ち戻った。俺がどれほど彼を愛しているか理解させるためにも、彼は先に悦《よろこ》びを与えられなくてはならない。

叫び声は啜り泣きに落ち着いた。俺が見上げると、彼は張り詰めており、羞恥で顔を赤らめていた。

「眼を閉じて、俺を女と思い込むんだ。口唇はそんなに違わないだろう」

俺は笑いながら言った。

「俺のことを、愛する死んだ妻だと思い込んだっていいんだぞ」

この発言に対し、彼は俺に罰当たりな言葉を浴びせてきた。俺は微笑みを返しただけで、彼の勃起したペニスの面倒を見ることに専念した。だが、舌の平らな部分で、敏感な裏筋を舐めるにとどめた。彼のペニスの根元を、環状にした親指と人差し指で支える。

彼は声を上げ始めたが、意味を伴ったどんな言葉にもなっていない。睾丸に弾力を覚えた――それは解放の瞬間を待ち望んで精液で張り詰めていたが、俺はまだ許しを与えなかった。根元をぎゅっと締めつける。口の中に竿を含み、彼のプライドが瓦解《がかい》するまで、上下に動いた。

彼はとうとう懇願した。

「いかせてくれ……!」

その甘美な響きに、俺も危うく負けそうになった。

どうにか抗《あらが》おうとする彼の鋼《はがね》の決意に生じた、最初のひび。下着の中で、俺自身も痛々しく張り詰めている。そのことはいったん意識外にやり、彼を舐め、しゃぶることに専念する。

彼の罵《のの》り声が聞こえる。全身の緊張が高まるにつれ、胸が床から持ち上がる。彼は再び泣き始めた――俺に懇願する声が、ひび割れているのが聞き取れる。

俺は自由な方の手で自分のジッパーを引き下げ、衣服の内側に押しつけられていたペニスを解放した。そうするとすぐに、彼に押し込みたくなった。彼の濡れた口唇に、ペニス

を包まれたい。

「あんたも、俺にこいつをする気があるか？」

俺はたずねた。

彼は啜り泣きながら、うなずいた。この苦痛を和《やわ》らげるためなら、何にでも同意するだろう。俺にはわかっていた。

「嬉しいよ」

彼のペニスの根元を摑んでいた指先の力を緩める。その刹那《せつな》、先端から先走りが溢《あふ》れた。俺は竿を握った拳を上下させ、残りを吐き出させようとした――粘ついた濃い液体が、彼の胸と腹部に飛び散った。彼のペニスが再び柔らかくしなるまで、俺は搾《しぼ》り出し続けた。

「口を開けろ」

彼の上に跨《またが》り、俺は言った。眼を見ると、意識が朦朧としており、話が飲み込めていない様子だった。

顎を摑み、親指で下顎を開かせる。俺が自分を扱いている間、彼はぼんやりとした、人形のような空っぽの眼つきで俺を凝視していた。彼の口の中に射精した時でさえ、その表情は変わらなかった。

「いい子だ」口を閉じさせ、ペニスの先端を彼の下唇に擦りつけ――その表面に生温かい光沢を残しながら、俺は言った。「ちゃんと、いい子にできたな……」

俺は立ち上がり、自分の衣服を元通りにした。

いくつか用事を済ませる必要がある。まずはここに落ち着くにあたり、荷解きをしなくてはならない。欲望を解き放った後で、思考がより明確になったようだった。気力が回復した。

「少し休んでおくといい」

俺は彼に言った。ベッドからブランケットを取ってきて掛けてやる。

聞こえていないのか意識を失っているのか、俺にはわからなかったが、彼は静かだった。

俺が仕事に取りかかった時には、ブランケットの下で身動きせず横たわっていた。

仕事を終えるまでに、俺は一晩を費やした。

小屋の二ヵ所の窓を取り外し、ブロックを積み上げて穴を塞いだのだ。

突然、狭い小屋がより狭く感じられた。二人の男が共有する、暗くてちっぽけな、四角い空間。

身に着けている腕時計を除けば、時間の変化を示す唯一の手掛かりは、バスタブを照らす小さな擦りガラスの窓だけだった。

ブランケットの下で身体を小さくして、彼は眠っている。

俺は椅子に座り、ビールを飲みながら彼を見ていた。疲れていたが、眠れなかった。ビールを飲み終えると、彼の指のガーゼを交換するため、救急箱を取ってきた。

左手を持ち上げた時、彼は眼を覚ました。その眼は恐怖に大きく見開かれたが、俺がガーゼを交換している間は、何も言わなかった。ガーゼには血が滲んでいた。

「ごめんよ」

消毒液で傷口を消毒しながら、俺はもう一度言った。しみたはずだが、彼は沈黙を返した。乾いた血を拭き取ると、傷口がはっきりと見えた。

「ひどい痕が残るな。傷が回復している間、筋肉を収縮させるようにすれば、組織が解れて指が引き攣らなくなる」

彼には、俺の話が理解できていないようだった。だが、傷口に清潔なガーゼを巻かれている間は、じっとしていた。

その額にキスをすると、彼のために風呂を焚《た》いて、朝食を準備することを伝えた。

俺は言ったことを実行した。

バスタブを熱い湯で満たし、彼の首輪を外してやる。

彼の動作は遅く、痛々しかった。何時間も同じ体勢を取らされたことで、手足が引き攣っているに違いない。立ち上がるにも一苦労だった。這っていってもいいぞ、と提案すると、俺に怒りの形相《ぎょうそう》を向け、何とか足で立った。バスルームへ歩いていこうとする足取りは覚束なかった。バスタブの縁を跨ごうとした彼に、俺は新しいガーゼを濡らさないように言った。

彼がほとんど身動《みじろ》ぎもせず、バスタブに座っている間、俺は朝食を作っていた。その姿を視野の端に捉え——小さな窓の羽目板を、悲しげに見つめている彼を眺めながら。

閂《かんぬき》が下ろされたドアを見つめる、籠《かご》の中の鳥。

そんなことを考え、何だか俺は微笑んでいた。

「頭を洗うのを手伝わせてくれ」

俺は彼に言った。出来上がったばかりの朝食は、コンロにかけたフライパンの上で温かく保たれている。彼は片手で洗おうとしていたが、上出来とは言えなかった。

申し出に対しては、頭を振った。

「恥ずかしがるなよ」俺は肘の上まで袖を捲り上げながら言った。「どのみち、俺たちは血が繋がってるんだ」

「助けはいらない」

彼は俺から離れようとしながら言った。シャワーの湯が頭の上で左右に分かれ、バチャバチャとはねる。

「あんたが何をするにせよ、しないにせよ、決めるのは俺だ」俺は温かみを感じさせない口調に切り替えた。「動くな」

彼の全身の筋肉が引き攣ったのを、俺は感じることができた。掌いっぱいのボディソープを胸に広げる。彼は引き締まったスリムな身体の持ち主だ。よく自分自身のケアをしている。

「母さんは父親が誰なのか、絶対に話さなかった。父のことを知らなくても、別におかしいとは思ってなかったよ。母子家庭なんて今じゃ珍しくないだろう。五歳になるまで、たずねようって気も起きなかった。俺は学校から帰ってきて、父親と息子が一緒に参加する行事の招待状を、母さんに見せた。父親は誰で、この行事に招待するためには、どうやって見つければいいのか……」

俺は口を噤《つぐ》んだ。

バスタブの中に横たわるよう、彼に言う。いつまでも動かないので、肩を押して身体を後方へずらした。湯の中に全身が沈むと、彼は膝を曲げた。俺は彼の頭をバスタブの縁に凭れかけさせた。シャワーノズルを受け台から外し、頭髪を濡らす。

「彼女に殴られたのは、その時が初めてだった」

濡れた頭髪の塊を、手櫛で梳《す》きながら言った。シャンプーで頭を泡立てる。

「何で母さんが俺を殴ったかも、覚えてない。覚えてるのは、殴っている間、あの女《ひと》がどんなに怖い顔をしていたかってこと……キッチンの隅に逃げ込んで、縮こまって、この世から消えたいと願ってる間も、あの女はずっと俺を殴り続けた。ごめんと言ったけど、何で謝ってるのかもわからなかった」

「すまない……」

「何で？」俺は言った。「いかれた女と子どもを作ったからか？」

彼が眼を細める。

「いいや。一緒に過ごしていた時は、私も彼女を愛してたんだ。だが……」

「だけど、もっと愛している人がいた」

「すまない」

彼はもう一度言った。

「恋に落ちたら、自分ではどうしようもないんだ。——今、俺がどうしようもないみたいに」

俺は泡を洗い流した。そして再び静けさが訪れる。

「何をやり遂げるつもりなんだ。私にこんな真似をして？」

ややあって、彼がたずねてきた。

俺は湯の中に両手を入れ、彼の胸に触れる。掌で感じる小さな乳首の先端の感触は、完璧だった。

「あんたに必要な家族は、俺だけだってことをわからせてやりたいんだ。俺なしじゃ、あんたは生きられないと」

「まともじゃない――」

その言葉に俺の指は、爪が皮膚に食い込むまで内側に曲がった。彼はたじろぎ、続きの言葉は空中分解した。

「見せてくれ」彼の乳首を指先で抓《つま》み、声が漏れるまで引っ張りながら、俺は言った。「あんたが、独りで楽しんでいるところを」

彼は動こうとしたが、バランスが取れず、ただ、バスタブの湯を飛び散らせただけだった。

「それとも、もう一回俺にやって欲しい?」

「よせ!」

彼は大きい声で即座に否定した。

「ちょっと傷ついた」俺は大袈裟《おおげさ》な溜め息を返した。「あんたは昨夜、あんなに硬くなって――」

「黙れ!」

彼の言葉が俺を遮った。頬が紅潮している。

「奥さんが亡くなって、ここ数年、独りで自分を慰めてきたんじゃないのか」俺は彼の耳朶《みみたぶ》を舐めながら言った。「どうやるのか見せてくれ」

大きく息を吸い、吐き出す以外は何ら動きを見せないので、俺は彼の右手を取って股間のものを握らせた。予期していなかった感触だったようで、彼はびくっと震えた。

「俺の手と交代して欲しいなら、喜んでするぞ」俺は言った。「交代して欲しいか？」

「触らないでくれ」彼はささやいた。「きみに触られたくない」

彼の指が自らペニスを包み込むまで、俺は手を離さなかった。萎《な》えた竿が、握った拳の中に消える。

指の間で繰り返しペニスに摩擦を与えるごとに、彼の頬に差した赤味が濃くなっていった。水がバチャバチャと音を立て、狭い室内に反響した。彼は何とか勃たせようとした。

俺は彼の耳元で、もっと激しく、素早く扱くよう励まし続けた。

「お願いだ、もう……」

彼は言いかけたが、言葉は咽喉の奥に引っかかった。

「硬くなり始めてるぞ」

彼が俺の方を見るまで、顎を持ち上げて言う――俺を見つめている様子はなかったが。瞼は半分閉じられており、視線は俺を通り越している。心はどこか別の場所を彷徨《さまよ》っている。脳裏に思い描いている他の誰かのことを考えており、そのことに、俺は怒りを覚えたにもかかわらず、同時に彼を許していた。

ともかくも、快感に溺《おぼ》れている彼を見ていたかったのだ。

彼はわずかに口を開けて喘いだ。ペニスは屹立するにつれ、怒張した先端が握り締めた拳を圧迫し、逞《たくま》しく成長していった。

「気持ちいいか？」

俺は、開いた口に向かって言った。

答えは返ってこなかったが、予想していたことだ。俺は彼の口唇の間に舌を忍び込ませた。

口を塞がれると、彼の呼吸は乱れ始めた。彼の歯が俺の舌を掠めた。まるで、噛みつくべきかどうか決めかねているように。

俺は口づけを続けた。容赦なく——深く、激しく、彼を貪り尽くしたと感じられるまで。

気持ちよかった。初めてキスをしたあの日、意識を失って横たわっている彼に対して、まったく一方的だったあの時よりも、ずっとよかった。

自分を絶頂へ導こうとする彼の、熱に浮かされたようなペースを見るため、俺は眼を開けた。水が飛び散る音が騒々しくなり、苛烈《かれつ》になっていく彼の動きは、ほとんど暴力的なほどだった。

昨夜、俺がした時よりも乱暴に自分を扱いている。ラフなセックスが好きなのだろう、と俺は思った。彼の舌を噛み、自分の歯の間に捉《とら》える。

彼は声を上げた——その声は、咽喉の奥で圧殺された。

「イきそうか？」

俺はたずねた。彼の舌の表面を歯で擦り上げる。もう一度、口づけを深める。今度は彼が背を仰け反らせ、俺の口の中で悲鳴を上げるまでやめない。大量には射精しなかったが、彼は激しく果てた。先端から放出された粘つく液体が、泡立つ湯の中に搾り出され、瞬く間に消えた。

「よかったよ……とてもよかった」

俺は言った。

彼の全身は脱力し、活力を失っている。激しく喘いでおり、俺が彼の胸に腕を回していなければ、湯の中に沈んでいたところだろう。

「いい子だったな」

俺は言い、半勃ちのペニスを握った。

彼は俺を押し退けようとしたが、その動きは緩慢で、元気がなかった。俺がアヌスに指を押しつけると、ぎくりとした。

まだ押し込んではいない。指の腹で、固い蕾《つぼみ》を弧《こ》を描くように撫でただけだ。

「もうすぐここを使って、もっと気持ちよくしてやるからな」

「よせ……」

彼は、嚙み締めた歯の奥で呻《うめ》いた。

俺は笑い、頭のてっぺんにキスをした。良い香りがする湿った毛髪が、俺の口唇と顎を掠めた。

「もう十分だろう」

俺は立ち上がりながら言った。タオルを取りにバスルームを出る。彼のシャツとズボンは、キャリーバッグから出して吊るしておいた――シャツを針金のハンガーから外すと、腕に掛けた。

彼は両腕で膝を抱えたまま、バスタブの中に座っていた。

「上がるんだ」

俺は言った。

彼は渋々応じた。頬に差していた赤みは消えていたが、まだ恥じらっており、辱《はずかし》めに耐えているという様子だった。

その慎ましさが微笑ましかった。

「いい身体してる」

タオルで彼を拭きながら、俺は言った。

「あんたが走ってるところを、よく見てたよ。これからしばらくは普段のエクササイズができなくなるけど、日課を奪うことを許してくれよ」

返答はなかった。乱れた濡れ髪は、彼を若々しく見せた。ほとんど俺と変わらない年齢に。

与えられたシャツを着ると、彼は中ほどまでボタンを掛けた。シャツの裾の下に、尻が半分隠れている。

「椅子はちょっと冷たいぞ」

小さなテーブルの下に収まっていたスツールに手を置くと、俺は彼に注意した。

彼は座面に腰を落ち着けたが、その表面の冷たさを気にも留めなかった。

テーブルからぶら下がっている銀色の鎖の小さな金属環を、じっと見つめている。自分を床に繋いでいたものとよく似た鎖を。

俺は鎖の先端を彼の首輪に繋げた。

「テーブルはボルトで床に固定してある」コンロまで朝食を取りに行きながら言った。

「ひっくり返って、テーブルの下敷きになることはないから、心配しなくても大丈夫」

その表現の滑稽さに、声に出して笑いそうになった。フライパンの端に寄せたスクランブルエッグの小さな塊を、二枚の紙皿に取り分ける。フライパンには、フライにした分厚い二切れのハムがあった。皿に取り分ける前に、それを小さな賽《さい》の目に切った。

トーストしていない二枚のパンを、皿の上に乗せる。プラスチック製のコップに注いだ水と一緒に、彼に差し出す。

「グルメってわけじゃないんだ」

彼の眼の前に皿を滑らせながら言った。プラスチック製のスプーンを卵に突き刺す。

彼はそれを見下ろし、俺が正面の席に同じ朝食の皿と一緒に落ち着くまで、手をつけようとしなかった。

俺の方は、フォークで食べ始めた。

「いつまでこんなことを続けるつもりだ」

ようやく、彼が口を開いた。

「食べろ。話は後だ」

彼は下唇を噛んだ。いよいよ動揺し始めている。

その様子を見つめながら、俺は食事を続けた。

「……彼女にきみがいたなんて……知らなかったんだ！」

彼が話す声は震えていた。

「間違ったことは何もしていないぞ！」

俺は、ハムにフォークを突き刺して食べた。

「あんたが、何か間違ったことをしたとは言ってない」

「だったら、なぜ私にこんな真似を！」

「言っただろう？」フォークを苛々と皿に打ちつけながら、俺は続ける。「残された唯一の家族は俺たち二人だけなんだってことを、あんたが理解するまでだ」

彼は皿を突き飛ばした。立ち上がろうとしたが、せいぜい座っていたスツールが横倒しになっただけだった。スツールは板張りの床の上で、けたたましい音を立てた。

「私は、こんなくそったれな首輪を嵌められて、テーブルに鎖で繋がれてる……きみは眼の前で私にマスを掻かせて、昨夜は……」

彼は口を噤んだ。眼が潤んでいる。

可能なら、俺に一発見舞っているところだろうが、二人の間にある小さなテーブルのせいで、俺たちを隔てる物理的な距離は十分に保たれていた。

「受け入れるんだな」俺はパンを千切りながら言った。「そして俺をコケにだけはするな」

「コケにだけはするな？」

そう言いながら彼がテーブルに拳を打ちつけると、コップの水が、縁から零れるほどの振動が伝わってきた。

「私にこんな役割を押しつけるお前は、一体何様のつもりだ？」

彼は、ガーゼが巻かれた手を突き出した。

「私が気にかけている家族はただひとつだ」彼は言った。「お前は、他人の人生に土足で踏み込んできて、こんな真似を……くそったれ！」

彼の眼の端から涙が溢れ出し、頬を伝い落ちる。

彼は怒っていた——おそらく、俺がこれまで見てきた中で、もっとも激情的な姿を晒《さら》し

ている。舌鋒《ぜっぽう》は鋭かったが、彼は愛くるしいまでに弱かった。

俺は、食べ終えていない自分の皿を小さなキッチンカウンターに下げる。スツールを蹴飛ばすと、それは部屋の隅へ転がっていき、壁にぶつかった。彼が零した空のコップを捨て、床の小さな水溜まりを拭く。床に散乱している食べ物の皿は無視した。

俺は、小屋の唯一のドアへ近づいた。ロックを解錠するための暗証番号を入力し、表へ出る。探していたものを見つけ出し中へ戻るまでに、さほど時間はかからなかった。

「警告はしたはずだぞ」

彼に向かって言った。

俺は一本の樹から切り取ってきた細長い枝鞭を、ぴしゃりと鳴らした。硬く、まだ凍っている。

「よせ！　そんな真似は……！」

俺は彼をテーブルに追い込んだ。テーブルの縁が彼の胴体に食い込む。

彼の顔の片側を天板に押しつけると、首根っこを摑んで押さえ込んだ。

「とってもいけないことだ、そうじゃないか？」俺は言った。「〝鞭を惜しめば、子が駄目になる〟」

彼は俺を罵ったが、その尻に枝を振り下ろすと、罵りは悲鳴に変わった。赤黒い線痕が浮かび上がる――白い皮膚との美しいコントラスト。

「癇癪《かんしゃく》を起こしたことを反省してるか？」

たずねながら、再び枝を振り下ろす。新たな赤い傷痕が最初の傷と交差した。

もう一度、より強く打ったが、彼はもう悲鳴を上げなかった。両眼をきつく閉じ、歯を食いしばっている。

振り下ろした枝鞭が、皮膚の表面を切り裂く瞬間に上げる鋭い鳴き声は、音楽だ。みみず脹《ば》れが走り、彼の皮膚が損なわれる。

俺は、十数えたところでやめた。

「あんたは、俺以外のやつのことを口にしちゃいけない、もう二度と」

そう言うと、彼をテーブルに繋ぎとめていた鎖を外した。俺は彼を真っ直ぐに立たせるため、頭髪を鷲摑《わしづか》みにしていた。テーブルが食い込んでいた彼の腹部に、赤い痕が残っている。

「実際、あんたを傷つけるのは好きじゃないんだよ」

跪くことを強制し、彼の頭を零れた食べ物に近づけながら、俺は言った。

「だけど、あんたに教えるためにその必要があるなら……俺の行いに、感謝の念を抱かせるためなら、やるよ」

俺は、彼の顔を小さな卵の塊の方へ押しやった。鼻先が、あと少しで触れそうだ。

「もし、またこんなことをしたら」俺は彼に言った。「あんたの口をワイヤーを使って固定して、自分の糞《くそ》を食わせるぞ、わかったか？」

彼は身震いし、それから、啜り泣きに肩を揺すり始めた。

その段になり、初めて、俺の心がきりきり痛み出した。怒りは瞬く間に鎮《しず》まり、罪悪感と入れ替わった。

俺は立ち上がった。彼は動かなかった。動くことを恐れていた。スツールを拾い上げ、元の位置に戻す。そこに座るように言うと、彼は大いに躊躇《ためら》いながらも、とうとう立ち上がった。

もう一度、彼の朝食を作るために調理の準備に取りかかりながら、傷つけたことを詫びた。

テーブルの表面の一点をじっと見つめながら、彼は静かに座っていた。従順に。再び鎖を首輪に繋ぐことはしなかった。その必要になかったから。

新しい朝食をテーブルに準備し、スプーンを乗せると、彼は無駄口を叩かずにそれを手にした。俺はすっかり冷えた自分の朝食の前に、腰を落ち着け直した。

今度こそ言葉を発さず、俺を見ることもせず、彼は食べた。

3

食事を終えた後、彼は何も言わず、何もしなかった。俺が床の食べ物を片付けている間でさえ、テーブルの表面に眼を凝らし、ただスツールに座っていた。

俺は、散らかっている書類を昨夜の状態のまま残しておいた。自分がどこにおり、また何者であるかを、彼に忘れさせないものを。

ベッドに横になるよう、俺は言った。躊躇いつつ、彼は従った。

彼の肉体に俺が刻んだみみず脹れに眼を向ける。線痕は変色した血で黒ずんでおり、隆起したピンク色の皮膚が、醜悪《しゅうあく》な痕跡を縁取っている。

「傷つけたいわけじゃない」

傷に指を這わせながら、俺は言った。

彼は身を竦めた。全身の筋肉が強張ったのが感じ取れた。

彼の手を取り、包帯を交換する。

彼は無言のまま、されるがままだった。ガーゼが取り除かれ、中から指が現れた時は、顔を背けていた。

「少しよくなったな」

俺はそう言い、傷口を消毒してからガーゼを巻き直した。

自分の指に巻きついている交換されたばかりの清潔なガーゼを凝視している彼を、俺はベッドに座らせておいた。

その間に、狭いキッチンを片付けた。バスルームの小さい窓が開いていて、そこから入り込む冷気がヒーターの熱に勝っていたが、朝食の匂いはまだ濃く漂っていた。しばらく経ってから窓を閉めると、小屋は再び温もりを取り戻し始めた。

「どうする気なんだ？」

彼は俺を見上げ、ようやく口を開いた。

「お前が望んでいる形で、私がお前を愛することができないとしたら？」

そう質問した彼の中に、即座の報復を予期しているかのような、わずかな怯えが垣間見《かいまみ》えた。

俺がベッドに腰掛け身を寄せると、後退りした。とはいえ、彼が逃げ込めるような場所はどこにもない。

俺は彼の頭髪を撫でた。

「私を殺すのか？」

「そうしたくはないよ」

「だが、そうするつもりだ」

俺の答えに彼は言い募る。

俺は上体を倒し、彼の額に口づけした。

「今はそんな話はよそう」

そう言ってキスをしようとしたが、彼は顔を背けた。

「今、話す必要があるんだ」

彼は言い、

「お前のために傍にいてやれなかったことは申し訳なかったが、意図してのことじゃない。もし知っていれば、何らかの形でお前の人生に関わっていただろう」

俺は彼の顎を摑むと、俺の方を見るように頭をこちらへ向けさせた。

「その程度じゃ、十分じゃない」

「だったら今すぐ、私を殺した方がいい」

彼の語気は、苦々しい気分と釣り合いが取れるまでに、再び荒くなった。

「お前が望んでいるものは、与えられない……！」

俺は彼を組み敷く格好になるまで伸し掛かった。抵抗は力なく、気休めに過ぎなかった。

彼は疲弊《ひへい》していた。

「そうなのか」

壁にボルトで固定し、ベッドの羽板の間を通した鎖を引っ張り出しながら言う。

それを眼にした途端、彼は本気の抵抗を始めた。鎖の端に繋がれまいと、激しく身を捩る。

その孤軍奮闘ぶりに、俺は笑い出しそうになった。あまりにも激しく足掻くので、彼の指の傷口が再び開いた。小さな血のしみがガーゼの薄い層に滲み、徐々に表面にしみ出てきた。

俺は、彼の気の済むようにさせた。新たに湧いてきた彼の活力が涸れてしまうまで、好きなだけ暴れさせておいた。

それから、首輪の金属環に鎖を繋いだ。

「愛せないって？」彼の胸に手を滑らせ、俺は言った。「それとも、愛したくないのか？」

膝を割り、その間に身体を滑り込ませる。

またしても、彼の顔に猛烈なパニックの表情が広がった。

「やめろ！」彼は叫んだ。首輪を嵌めた状態で限界まで鎖を引っ張ったために、自ら窒息しそうになりながら。「いかれてる！　私に触るな！」

彼を駆り立てる恐怖の発作は、気まぐれなサイクルで湧き起こったり引っ込んだりする。

つい数時間前に罰を受けたばかりなのに、まだ反抗的だ。

「父さん――」

「そんな呼び方はよせ！　お前は、私をただ拷問《ごうもん》しているだけだ！」

俺は彼の口を手で封じ、束の間、黙らせた。

「それ以上は言わない方がいいだろ」

そう言って、彼が痛みで大きく眼を見開くまで手を強く押しつける。

「俺の忍耐力を試そうとするあんたは大嫌いだよ、父さん」

自由な方の手で、彼のシャツのボタンを外す。彼は俺の腕に指を食い込ませ、頭を振り乱した。そのせいで、俺の手や腕の表面に血の滲む掻き傷が刻まれたが、意に介さなかった。

俺は、彼の腹部から胸部にかけてのラインを舐めながら、顎まで這い上がった。彼の口から手を外すと、深い息継ぎの合間に喘ぎ声が漏れた。

「いい子になれそうか？」

俺はたずねた。

彼は口唇を引き結び、そっぽを向いた。それが答えだ。

「そろそろお互いのことを、もう少し深く知り合う段階に来たんじゃないかな」

彼の両手首を片手で摑み、頭上でひとつに纏める。

「俺たちの雰囲気、どちらかっていうと陰気になりつつある」

彼は自分の両手を取り戻そうとしたが、俺は力強く握っており、彼の上に体重をかけてもいた。清潔な白い包帯がさらなる血に染まり、甘く、鉄分を含んだような匂いが鼻腔を掠めた。

「縛りつけて欲しいのか？」

俺はたずねた。

彼の眼は再び濡れ始め、俺のことを「くそったれ」と呼んだ時には、眦が赤くなっていた。

「こんな真似をしても、お前を憎むだけだぞ！」

彼は言った。涙の最初の雫が眼から零れ落ち、頭髪の中に消えた。

「私に愛して欲しいのか？　だったらこんな真似はやめろ！」

俺は彼を凝視した。

俺に認識できたことといえば、体内の奥深い場所で開花していく暗い情念だけだった。俺にしてみれば、彼の言葉は何ら筋が通っていなかった。

だが、彼が俺を憎んでおり、俺の行為を理解できずにいることだけは伝わってきた。

その瞬間、俺ははっきりとした確信に至った――彼には、この想いが永遠に理解できないだろう。

立ち上がり、昨晩、剝ぎ取ったネクタイを取りに行くためベッドを離れた。

俺に再び両手首を摑まれ、ネクタイでヘッドボードの羽板の中央に縛りつけられている間、彼は支離滅裂《しりめつれつ》なことを叫んでいた。

「これ以上暴れると、指を失うことになるぞ」俺はズボンの前を寛げながら告げた。「容赦はしない」

彼はやっとのことで静かになった。俺がズボンを脱ぎ捨てると、きつく眼を閉じた。

彼の中に入りたいという気持ちを抑え切れず、俺はすでに、半ば硬くなっていた。

「きっとあんたには、俺が感じている孤独がこれっぽっちも理解できないだろう」

シャツをズボンの上に脱ぎ捨てると、俺はベッドに横たわる彼の上に這い上がった。

彼のものは硬くなっていなかったが、俺の方も期待はしていなかった。

手の中に包み込み、緩やかなテンポで俺自身のペニスと擦り合わせていると、ともかく気持ちがよかった。

「ま、だからといって気にしない。俺はあんたが……あんたのことだけが欲しい身勝手なクズなんだ。どうにかして、どんな形であれ一緒にいられたら……あんたが俺を求めていようといなかろうと、この孤独の痛みが和らぐんだよ」

俺は彼の上に、全体重が伸し掛からないようにしながら身を横たえた。親指と人差し指で顎を摑み、口唇にキスをする。

彼が口づけに応えることはなかったが、顔を背けられることもなかった。ただ、純粋に哀しそうに見えた。つい今しがたまでそこにあった、憤怒の表情は消えていた。

「あの痛みは……言葉では表現できない。あんたの存在を知るまでは、この気持ちに打ち勝てる気がしなかった。今じゃ、あんたを失うなんて、想像を絶する恐怖だ」

「こんなやり方じゃないはずだ」彼は言った。「……こんなのは間違ってる」

俺は深呼吸すると、頭を振った。

「これが唯一の方法だ」

ゆっくりと息を吐き出すと言った。

「もしあんたをここから解放すれば、他の誰かが、いつでもあんたを独占する。そして俺は、そういう連中を片っ端から排除しなくちゃならない。あんたと一緒に、これまで通りの人生を……あるいは新しい人生を始めようとする全員を……」

自分の顔を涙が伝い落ちる感触に気づくまで、彼の頬に二粒の涙の雫が落ちるまで、俺は自分が泣いていることに気づかなかった。

「あんたを俺の父親にするために……もう二度と、俺を捨てない父親にするために、あんたを殺さなけりゃならないなら……」

最後まで言い終えることはできなかった——迫り上がってきた啜り泣きに、咽喉が詰まった。

「もし知っていたら、私はお前を捨てることなどしな――」

彼の言葉を遮るために、平手打ちを見舞った。

突然、湧き起こった俺の怒りに、彼は呆然《ぼうぜん》としているように見えた。俺が掌で打った箇所は、赤くなり始めた。

「嘘をつくな！」俺は激昂《げっこう》した。「今さら、あれこれしてやれたはずだ、なんて話はやめろ！」

再び殴打するつもりで手を振り上げると、彼は身構えた。だが、俺はその手を振り下ろさなかった。代わりに自分の顔へ持っていき、涙を拭った。

「ごめんよ」

俺は彼に言った無意味な謝罪がまた、無意識のうちに口をつく。

「かっとなるつもりじゃなかったんだ」

「私をこんなふうに傷つけることで、満たされるのか？」

そうたずねた彼の声は、落ち着いていた。

俺は彼の下唇に親指を這わせ、微笑んだ。

「あんたを傷つけないように努力する」

俺は言った。もうこれ以上、会話を続けたくはなかった。

「かなり痛いってことは知ってるけどな」

眼の高さに彼のペニスが来るまで、身体の位置を下方へずらす。彼をもう一度口に含み、竿に吸いつき、しゃぶった。

彼は逃れようと身を捩った。

「よせ……」

語気荒く言う彼を無視し、雄の匂いと味を堪能する。だが、湿った竿はいくら吸い上げても硬くならなかった。

「その気になった方が、あんただって楽なはずだぜ」

人差し指を唾液で濡らしながら、俺は言った。

「そんな気は――」

湿らせた指の腹をアヌスに押しつけると、彼の言葉は途絶え、悲鳴と入れ替わった。第一関節まで指を滑り込ませた瞬間、蕾が激しく収縮した。力を入れて押し込んでやると第二関節まで入る。彼の後孔はきつかった。

彼は息を吐き出すと、指を引き抜くよう俺に叫んだ。

「緩めておかないと、俺のペニスがあんたを引き裂いちまうだろ」

次の一突きで、俺の指は彼の中に根元まで納まった。

彼は全身を仰け反らせた。

「落ち着けよ……」

彼の肉体は、中で指を動かすことさえ困難なほど、内側にぎゅっと収縮している。

「自分をリラックスさせろ。そうしないと、指だけでも裂けちまうぞ」

「指を抜け！」

彼の言葉に俺は笑った。

「きつすぎて、動かすことさえできないよ」

彼の眼の端から涙の川が溢れ出す――おそらく、痛みと羞恥が交じり合っている。不憫《ふびん》に思うべきではあったが、そうは感じなかった。今しがた、彼は俺を怒らせたのだ。

「自業自得だろ」

そう言ってやりたかったが、彼の恐怖を察し、ひとまずその言葉は呑み込んだ。やさしく励ますような言葉をかけなければ、また暴れ出しかねない。

「大丈夫だ」

ゆっくりと指を引き抜き、途中でもう一度奥へ押し込みながら、俺は彼に約束した。

「身体がまだ、これの快感に目覚めていないだけだ。だけど、すぐにわかる」

俺は指を引き抜き、二本の親指で固い蕾を押し拡げた。窄《すぼ》もうとする淡い色の小さな孔《あな》に唾液を落とすと、それは縁を濡らしながら、肉体の奥へ滴り落ちていった。

「あんたが女だったら、ずっと簡単だったよな、だろ？」

俺はくすくすと笑い、さらに太く、長い中指で彼を貫き直す。

そのごくわずかな太さの違いを、彼の肉体は感じ取った。叫び声を上げ、再びきつく締め上げてくる。

「お願いだ……」

彼がその言葉を使ったのは、これが初めてだった。ただならぬ痛みに違いない。

「お願いだ……抜いてくれ」

「静かにしてろ」人差し指を追加するために指を引き抜くと、俺は言った。「あんたは、うまくやれてるよ……」

付け根まで指を突き入れる。彼の体内の熱と締まりのよさに眼が眩《くら》む。俺は硬くなった。ペニスを実際に締めつけられている時と、ほとんど同じ快感だ。早く彼の中にぶち込みたかった。

「頼む、お前をしゃぶってやる……何でもする、だからやめてくれ」

喉の奥から迫り上がってくる嗚咽《おえつ》に言葉を詰まらせながら、彼は言った。

俺はその申し出に動きを止め、指を引き抜いた。

「これでいいのか？」

たずねると、彼はうなずいた。涙と汗で顔が濡れている。

俺は彼を、ヘッドボードに背を凭れかけさせて座らせた。

俺が彼の尻の両脇に膝をつくまで、彼は気持ちを落ち着かせようとしながら喘いでいた。

俺のペニスは彼の口から数センチの距離にあった――勃起し、上向いている。先端からは先走りが滲み出ていた。

「噛みついたらどうなるか、念を押さなくたっていいよな？」

優しくそう言った。額にかかる髪房を手櫛で掻き上げると、彼の顔が見えた。

「どうすれば……」

下唇が震えている――最後まで言い終えることを恐れているようだ。

俺は微笑みかけた。

「やり方がわからないんだろう」

思い遣りのある口調に切り替えて言う。

「俺が教えてやる。でも自分がどんなふうにされたら気持ちいいのか知ってるだろ？」

彼の頬が紅潮した。

「まずは、先端を舐めろ」

彼と接触する寸前まで、自分を突き出す。

「やさしく舌を使うんだ」

わずかに口が開いた。口唇の間から覗いた舌には、躊躇いが窺える。その舌先が亀頭の窪みに溜まっていた透明な液体を舐め上げた時、彼の顎は震えていた。そして、もう一舐め、また一舐め、小さな動きでおずおずとくり返す。

彼が初めて味わう男――その相手は、実の息子だ。

その発想に、俺は眩暈《めまい》を起こしかけた。彼をもっと感じたかった。

「俺のペニスのどこだろうと口に入れる時は、歯を口唇の奥へ引っ込めておくんだぞ、わかったな？　もし歯が当たったら……ほんの少しでもだ……何日も這って歩かなきゃならなくなるくらい、あんたの尻をとことん犯してやる」

彼は頭をほとんど動かさずに、俺にうなずいてみせた。

「今から、あんたの口の中にムスコを突っ込んでやるからな」

彼の口にペニスの先端を押しつけながら、俺は言った。

彼は口唇を薄く開いただけだったが、勃起した竿を押し込まれると、やっと大きく開いた。

彼はちゃんと指示に従った。歯が当たる感触はなかった。

「上出来だ」

半分も咥《くわ》えないうちに、彼はすでに咽喉を詰まらせていたが、しばらくは肉厚なペニスで口内を満たしておいてやった。俺が緩慢《かんまん》な動きで口を犯し始めても、舌は竿の底面に留まったまま弛《ゆる》み切っている。大胆な彼を期待していたわけではない――実際、彼の舌と口唇が俺自身に絡みついているという事実だけで、今は頭がいっぱいだった。訓練を重ねれば、もっと巧《うま》くなっていくだろう。

「咽喉の奥まで開け」

俺は言った。さらに奥へ突っ込む間際に与えた警告は、その一言だけだった。

咽喉の裏側に先端が触れたことで、彼は反射的に噎《む》せ返った。

気持ちがよかった。俺を吐き出そうとする食道の振動は、さらなる刺激を呼び起こした。

彼は繰り返し噎せ返っていたが、俺は痙攣《けいれん》が落ち着くまでそのポジションに居座り続けた。

彼の眼は濡れており、口唇の端からは呑み込めなかった唾液が滴り落ちている。

その姿は、非の打ちどころがないほど素敵だった――初めて、彼をこんな目に遭わせることを想像し、頭に描いた姿よりもずっと。意識を失った彼が無防備な状態でベッドに横たわっていたあの日、俺に許されたのは、ただキスをすることだけだった。

「悪くないぞ……」

彼の額にかかる湿った髪房に手櫛を入れながら、俺は言った。

「息を吸い込んで、咽喉を開き続けろ」

ペニスの全長が彼の口の中へ、可能な限り奥深く消えていくのを眺めてから、俺は濡れた竿を引き抜いた。

彼が眼を閉じると、涙が眦から零れ落ちた。顔は紅潮しており、呼吸困難に陥っている。

口腔を犯されている間、鼻から息をしようとして乱れる彼の呼吸音が、俺には聞こえた。

笑顔にならずにはいられなかった。

俺たちにとって、初めての本当の結びつきだ。

「我慢するつもりはないからな」

俺は言った。できれば我慢したかった。そうすれば、俺の中を駆け巡るこの素晴らしい快感を持続させることができる。だが彼の方は、おそらくこれ以上もたないだろう。気を失う前に、咽喉の奥に射精したかった。

「全部飲み込めよ」

俺はペニスを十分な距離まで引き抜き、先端を彼の舌の上に乗せた。ただ飲み込むだけではなく、味わって欲しかったのだ。

彼の眼は半分閉じており、睫毛は濡れていた。俺を見上げる、ほとんど懇願しているような彼の眼つきに触発され、下腹部から快感が湧き上がってきた。体内を駆ける奔流《ほんりゅう》に押し流される感覚を味わった瞬間、俺は声を上げていた。数回かけて、激しく迸《ほとばし》りを吐き出した。できるだけ素早く飲み込もうと上下する彼の咽喉仏が見えた。彼の口唇の端から雫が滴り落ちた。

「まだ終わってないぞ。最後まで搾り出せ」

俺は呼吸の合間に言った。四肢からは大半の力が抜けてしまい、まだ硬度を保っているペニスを彼に処理させるために、ヘッドボードに手をついて自分を支えていなければならなかった。

俺が萎えるまで、彼は舐めたりしゃぶったりし続けた。

俺は彼を褒めてやりながら、手首の縛《いまし》めを解いた。

彼の身体は、マットレスにどさりと沈み込んだ。なるべく小さくなろうとして、身体を丸めて縮こまっている。俺は隣に身体を滑り込ませ、その身体を引き寄せた。俺の身体の前面は彼の背中側に当たっていた。彼を両腕で包み込み、肩にキスをする。

「愛してるよ」

俺は言った。返事は期待していなかったが、やはり返ってこなかった。とはいえ、どうでもいいことだった。

どうせ信じられない彼のつぶやきよりも、その温もりの方が、俺にはずっと大切だった。

4

時間の流れに気を配ることには無頓着だった。

日々は、バスルームの小さな窓越しに漏れ入る光の形を取って過ぎ去った。ランプがなければ、小屋の中は仄《ほの》かに明るいだけで、すっかり暗黒に包まれる夜もあった。俺は文字盤に日付ダイヤルがある腕時計を持っていた。それは、外界と俺をかろうじて繋ぎとめる細い糸のような存在だった。たとえ、この小さな世界に存在しているのが俺たち二人だけだとしても、日々は滞《とどこお》りなく過ぎ、人生は続いていくのだ。

この〝孤島〟の外側のどこかに、彼を捜している人々がいるのはわかっていた。おそらくあの女が。

職場に戻った暁《あかつき》には、彼の名が記載されている失踪届を眼にすることになるかもしれない。

しばしば俺は、彼が消えたアパートを見せかけの捜査をしながら歩き回る一日とは、どんなものだろうかと夢想した。自分の存在を知らしめ、嘲笑うために、何も知らない彼の息子——義理の弟——に事情聴取を求めるかもしれない。彼の息子の話を聞きながら、同情的な顔つきを装ってみせるのは、面白い挑戦になりそうだった。彼の父親について。俺の父親について。

そんなふうに思いを巡らせることに、俺は時間を費《つい》やした。馬鹿げた話ではあるが。

夜が忍び寄ってきても眠れない時には、そうした考えを弄《もてあそ》んだ。彼が眠っているかどうかはさだかではなかったが、俺はぴったりとくっついていた。夜はたいていヒーターの温度調整を低めに設定し、俺に温められることを彼が受け入れるよう、小屋を寒々しく保っていた。

彼と愛し合おうとした日から、三日が経過していた。あれ以来、彼は従順になった。俺を怒らせれば、罰として犯されるものと思い込んでいる様子だった。俺が話している間は、たいてい物静かで何も言わなかった。質問されると、うなずくか頭を振ることで応答した。

「この書類のこと、ちょっとは考えたか?」

朝、朝食を食べている時に、俺は彼にたずねた。

朝食の前に、俺たちは一緒に風呂に入った。彼が行儀よく振る舞ったので、ズボンを穿《は》くことを許してやった。この小屋に連れてこられて以来、初めてのことだった。彼は、ささやかながら喜色《きしょく》を示した。

質問の意図を明確にしようとするように、彼はベッドからそう離れていない床にまだ散乱している、出生証明書とＤＮＡ鑑定の結果報告書の方へ眼を遣《や》った。それから、俺を見つめ直した。

「過《あやま》ちを後悔する以外に」

俺は言った。

「お前のことを、過ちだとは考えなかったはずだ」彼は答え、「過ちというのは、今お前がやっていることだよ」

「俺と永遠に一緒にいると、約束できたと思うか？」

プラスチック製のフォークで、自分の皿のスクランブルエッグを押し退けたり掻き集めたりしながら、俺はたずねた。

彼ではなく、手元を見ていた。

「死んだ奥さんと交わして、ずっと守ってきたような約束だよ」

「愛している相手に、その手の約束を強制することはできないぞ」

俺はフォークを置き、彼を見た。

自分が口にした言葉に不安を覚えながら、彼は俺を見つめ返した。

「つまり、もし自分で選択できるなら、その手の約束を〝俺〟とはできないってことか」

口を開いた彼は、やはり怯《ひる》んではいなかった。

「嘘はつけない、たとえお前にも。できないよ……お前が、私にこんな真似をした後では」

どこかで心構えはできていたので、俺は怒りを感じなかった。

その答えを受けて、俺がいきり立たなかったことで、彼は控え目に驚いている様子だ。

彼は正直であろうとした。俺は自分に言い聞かせた。もし彼が、俺の好意を勝ち取るために、あるいはここから出るチャンスを確保するために、嘘に嘘を積み重ねたりすれば、長い目で見るなら、俺はもっと動揺したはずなのだ。彼はそうしなかった。

哀しい気持ちになりはしたが、怒りは覚えなかった。

「朝食を済ませろ」

食べ終えていない皿とともに席を立つと、俺は彼に言った。


彼は、俺が調理台を片付けている間に食べ続けたが、あまり多くは食べなかった。三十分が静かに経過した。小屋の中の音といえば、俺が立てる物音だけだった。テーブルに自分を繋ぎとめている鎖が外されるのを、彼はただ見ていた。

俺は彼をスツールに座らせたまま、ベッドへ向かった。

ベッドの端に座ると、

「来い」

そう言った。

それは、彼に〝お勤《つと》め〟を促す時のいつもの言葉だった。

蔑《さげす》みの表情を浮かべつつも、彼はやってきた。スツールを離れ、躊躇《ためら》いがちにこちらへ歩いてくる。足の間に跪《ひざまず》くと、慎重に俺のズボンのボタンを外し、ジッパーを下ろした。俺にいきなり触れることに、慎重になっている手つきで。

彼は、すでに何度かこの務めをこなしていた。口で俺に快感を与え、搾《しぼ》り取る……そうすれば、俺の性的な関心は他へ向かわないかもしれない。

ジッパーの奥から半勃ちのペニスを取り出す時は、俺を見ようとしない。竿の他の部分に舌を這わせる前に、まずは亀頭をじっくりと舐めて湿らせる。

幾度となく繰り返される、慎重で予測通りのパターン。俺のペニスが硬くなるまで、彼は竿を咥《くわ》えない。

「待て」

口唇で包み込む前に、彼を引き離して言った。

「今回は、しゃぶっている間にマスを掻いて欲しい」

彼の眉間に皺《しわ》が寄る。自分で掻くのも、俺に掻かれるのも好きではないのだ――それは恥辱《ちじょく》だ。絶頂を迎える時、その感覚は不快なものとなって彼を内側から蝕《むしば》む。

俺はいつも、彼が果てるのを確認している。

「ジッパーの奥から、さっさとあんたのを取り出せ」

俺は言い、まだ濡れている彼の毛髪に指を滑らせた。

「ズボンは脱がなくていい」

単純な取引だ。だが、彼にはわかっている。もう一度、俺が彼からすべてを取り上げることは容易《たやす》いことなのだ。彼に選択権などないことを思い出させるのは、造作もないことだった。俺があれこれしろと言う場合、それは提案ではない。

彼は従ったが、動きは鈍かった。萎《な》えたペニスを取り出した時、その顔は赤く染まっていた。

「あんたは、そのシャイなところを克服する必要があるな」俺は言った。「イくまではやめるなよ、わかったか？　俺があんたの口の中で射精した後も、自分がイくまでは続けろ」

その瞬間、彼が一度にさまざまな考えに囚われていることが、俺にはわかった。そのうちのひとつは、俺に口内で射精されるのがどれほど不快か、ということ。飲み込むことを強制され、口を漱《すす》ぐことも許されない。もうひとつは、どうすれば素早く昇りつめることができ、射精することができるか、ということ。そうすれば、俺を先にイかせなくて済む。

「誰でも好きな相手を想像しろ」

ペニスの怒張した先端で彼の口の輪郭《りんかく》をなぞりながら、俺は言った。

「怒ったりしないから」

彼は自分の萎えたペニスを掌《てのひら》に包むと、上下に動かした。

俺はフライング気味に始めた彼を許してやり、その様子を眺めていた。無気力な竿から何も搾り取れないことで、彼は早くもフラストレーションを見せ始めた。瞼の裏に必要なイメージを思い描くため、彼はとうとう眼を閉じた。ピンク色だった頬が赤らむ。怒らない、と約束したものの、彼が他の誰かを想像していることに、俺は相変わらず苛立ちを覚えた。

彼の口唇がジッパーに押しつけられるまで、ペニスを彼の口の奥深くへ突き立てる。

彼は凍りついた。動きを止め、驚いたかのように両眼をぱっちりと見開いた。咽喉が引き攣《つ》った。すでに咽頭反射を回避する方法を学んでいたが、準備ができていない時は特に、いまだに噎《む》せ返った。この時もそうだった。彼の口はぐっしょりと濡れ、咽喉の通りが狭《きょう》窄《さく》すると唾液が滴《したた》り落ち、俺のペニスの先端を擽《くすぐ》った。その快感に、俺は微笑を浮かべた。

「集中しろ」

わずかに引き抜き、彼に呼吸をさせてやりながら、俺は言った。飲み込めなかった唾液が口の両端からシャツの上に滴り落ちた。

これ以上素敵な彼の姿は拝めない。俺は今すぐに射精したくなった。

彼は手を上下に動かし、再び自分のペニスに集中し始めた。その動きは機械的で、自《や》棄《け》っぱちだった。

俺が彼の咽喉の奥へできるだけ深くペニスを押し込み、自分のペースでしゃぶることを許さないでいるうちは、リズムを摑むことができずにいた。自分のペニスを上下に扱く右手の律動的な動きに連動して、彼の頭は前後に動いた。

俺は、欲望に掠れた声で励ましを与えた。

彼は薄眼を開けていた。彼がペースを摑み始め、浅く速い呼吸音を発し始めると、しばらくの間、俺は彼の意識の中に存在していないようだった。

たとえ恥辱に耐えてでも、生き延びようとする本能は逞《たくま》しかった。彼の自尊心とプライドは、ぽっきり折れてしまわないための柔軟性を備えていた。それが、彼をより魅力的にしていた。俺は自分の中に彼と同じ血が流れていることを誇らしく思った。

彼は咽喉を鳴らした。心に描くイメージへの集中力を失わないよう、自分を駆り立てているようだった。

熱心になっている彼を見るのは好きだった。俺の方は、彼がいつも俺のことを考えている、と思い込むようにしていた。

彼のことをあれこれ考えているだけで、容易く興奮してしまった。そのせいで、あまりにも深く、激しく彼の口に突き刺していたことに気づかなかった。

俺を引き離そうと、彼の指先が太腿に食い込んでいることに気づいたのは、射精に至った後だった。身体を離すと、俺は彼の顔を持ち上げた。ジッパーの歯に擦られた口唇が赤く腫《は》れている。両眼の端からは涙が滴り落ちていた。

やっと呼吸ができるようになり、激しく息継ぎをしている——できる限り深く空気を吸い込み、肺へ送り込んでいる。

彼は咳き込み、俺が咽喉の奥に放った粘り気のある体液を吐き出した。

俺は傷ついた口唇に親指を押し当て、謝罪の言葉をつぶやいた。彼の膝の上の光景を見る限り、どの程度まで昇りつめていたにせよ、すでに萎えてしまっていることは確かだった。

「ジッパーを上げていいぞ」

彼の頭のてっぺんにキスをしながら言った。彼は立ち上がり、ズボンをずり上げる。

俺にキッチンへ行き、彼のためにグラスに水を注いだ。彼が飲み終わると、鎖を首輪に繋ぎ、額にキスをした。

「数時間、出掛けてくる」俺は言った。「いい子にして待ってろよ」

彼は当惑の表情を浮かべただけで、何も言わなかった。

それ以上の情報を与える気にはならなかった。短い鎖がちゃんと固定されているか、もう一度引っ張って確かめた後で、その場を後にした。

俺は三日分のゴミを持って出掛けた。食糧を購入したり救急キットを補充するためには、三十マイル離れた町へ向かう必要があった。おそらく、傷口が開きっぱなしの彼の薬指に添えるため、サポーターを買う必要があるだろう。

走行中、俺は職場に電話をかけ、ショートメールをチェックした。

「何かなかったか？」

相棒《パートナー》にたずねた。

「これといって何も」彼は答え、「だけど、そうそう……お前が休暇を取った翌日に、誰かが失踪届を出されてたっけ。忘れたが変わった名前だった。ともかく、その男はお前のすぐ近くに住んでたようだぞ。見かけたことがあるはずだ」

「ああ、かもな」俺はそう言いながら、笑顔にならずにはいられない。「その男が失踪したってだけか？」

「ああ」彼は言った。「事件を担当しているのはジョージだ。二日前に喫煙所でその話をしてたよ。失踪人の住所がお前と同じ、棟の番号が違うだけだって」

「もう少し情報をくれないか？」俺は彼にたずねた。「名前と、誰が失踪届を出したか。今、どういう状況になってるのか」

「何だってそんなことを知る必要があんだよ？　休暇中だろ？」

「ご近所さんだからな。何か知ってることがあるかも」

「あー……かもな。だったら、ジョージから直接電話させようか？」

「それがいい。彼に四時間以内に電話をくれと伝えてくれよ。それが済んだら、今後三日間は電話を切っておく」

「わかったよ……フロリダにいるなんて幸運な野郎だな。こっちはサンタの玉袋より冷たいぜ」

「だろうな」

　人気のないハイウェイの両脇に降り積もった雪に視界を転じながら、俺は言った。

「こっちは最高にきれいだよ」


　用事を済ませるのに四時間を費やした。ジョージ・コナーズから電話がかかってきた時、俺はすでに小屋へ戻る中間地点にいた。

　彼は連絡が遅れたことを謝罪し、そのことで上司を罵《ののし》った。

「ウリエル・ブラックストーン」

　ジョージの呼びかけと、デスクの上で書類を捲《めく》る音が聞こえた。

「お前のアパートと向かい合ってる棟に住んでいたみたいだ」

「彼なら知ってる」

「親しいのか？」

「そうでもない。だが、アパートの郵便ボックスのある場所が一緒だから、そこで見かけてる。失踪届を提出したのは？」

「彼の息子だ」ジョージは言った。「普段から一日置きには話していたそうだよ。電話をかけて通じなかったことはないそうだ。ドイツから署にかけてきて、確認してくれ、と。管理人が中に入れてくれたが、どこにも異常は見られなかった。争った形跡もなし。車は駐車場にあったが、本人は家にいなかった」

「誰も、彼がアパートに戻るのを見ていない？」

「同僚によれば、レストランを出た時刻は……すでに真っ暗だった。何も見えない中じゃ、周りのことを気にしているやつなんてほとんどいないよ」

彼は続けた。

「帰宅はしたみたいだ。予備の寝室にブリーフケースが置かれていたが、息子いわく、いつもそこに置いていた、と。その後、コートと手袋、財布、それに鍵だけ持って、また家を出た。車は置いたまま」

「つまり、歩いてどこかへ行ったんだな。二ブロック先にコンビニがあるから、たぶん何か買いに行くつもりだったが、そんな近い場所に車で行く気にはならなかった」

「俺もそう考えたよ。だが誰も彼を目撃していない。ふといなくなったわけだ。失踪以来、クレジットカードは使われていないし、目撃証言もなし。ぱっと消えた。息子は緊急時の特別休暇を許されて、明日にはこっちに戻ってくるそうだ」

「すまんな、助けになれなくて」

俺はとりあえずそう答えた。

「お前が、その辺を離れた日に男が失踪するなんて、何とも奇妙な偶然の一致だな。まさか連れ去ったりしなかっただろうな、え？」

彼が大声で笑い出すまでのほんの一瞬、俺は困惑した。

「色男だったよ。家にある写真を見た。ムチャクチャいいオンナに引っかかって、もうなるようになれだって思っちまったのかも。誰にもわからん」

「ああ、そうかもな。とりあえずこれから、二、三日は電話をオフにするつもりだ。近況をチェックするために、また連絡するかもしれない」

「そうしてくれ」

そう言うと、彼は電話を切った。

我が家へ至る、残り四十五分間のドライブ。視界を真っ白に変える吹雪が戻ってきたために、最高速度の半分以下のスピードで走る。

俺はジョージの発言に思考を巡らせ、捜査に関する情報を頭の中で繋ぎ合わせていった。

彼らは先んじて手掛かりを摑んではいない。だからといって、そのことは何の意味も持たない。目撃者が突然現れることもあり得る。唯一判明している詳細な事実であり、ジョージが笑い飛ばしたことは、俺ができすぎたタイミングで休暇に出発したことだけだ。俺とは知人ですらない男が失踪した、その同じ場所から。

俺に彼を連れ去る動機があった、と彼らが疑う理由はない。だが、失踪人捜査課に十八年も勤めている人間探知犬のようなジョージであれば、一見、理に適《かな》わないような繋がりを嗅《か》ぎつけることも可能なはずだ。

俺たちの間には、何マイルもの距離に隔てられた緩やかな繋がりがある。父に関する何らかの情報を入手するため、急遽《きゅうきょ》、ドイツを発ったという彼の息子に、自分が興味を抱いていることに、ふと俺は気がついた。

おそらく、彼はアパートの敷地内のあちこちで、情報提供を呼びかける貼り紙を見かけることになるだろう。そこには、二十×二十五センチのサイズに印刷された父の写真が添えられている。もし謝礼が約束されていれば、住人たちの記憶の再生能力は緩やかに揺さぶり起こされるだろう。

細い脇道に逸《そ》れた後も、俺はまだ細部にわたりこれらのことを考えていた。新雪が、そこに存在しているはずの道なき道を覆っている。日は短くなり太陽はすでに沈みかけていたが、純白の雪は消え行く陽の名残りに照らされていた。

右手で暗証番号を入力している間、左手には食糧がいっぱい詰まったビニール袋がぶら下がっていた。キーパッドに数字を打ち込むために、車の鍵の尖端を利用した。手袋を脱ぎたくなかったのだ。ドアを押し開けた時はまだ、自分の考えに半ば没頭していた。

ドアが六十センチほど開いたところで、それは起こった。

痛みは後で襲ってきた。落雷に打たれたような衝撃と同時に、俺の視界は真っ白になった。痛みは殴られた箇所である側頭部から広がり、俺は両眼を見開いた。

食料品店のビニール袋の中身が、踏み込もうとしたドアの外に散乱した。俺は前のめりに倒れ込み、小屋の硬い床板の上に崩れ落ちていた。下半身はドアの外へ、上半身は小屋の中にあった。無感覚に陥《おちい》りかけながら、丸太のように見える物体を手にしている父を見る。その背後で、一脚の椅子が粉砕され、崩壊している光景が、彼がその脚の一本をもぎ取ったことを物語っている。そんなもので俺を殴りつけたのだ。

床に眼を走らせた彼は、半狂乱になっているように見えた。膝をつき、切迫した様子で眼を動かし、片手で床を手探りしながら何かを探している。

彼が探している物を同時に発見する瞬間まで、それが何なのか、俺には見当もつかなかった。

鍵だ。レンタカーの鍵は殴られた時に手から滑り落ち、その弾みで床を滑ってベッドの下まで飛んでいった。

俺は右のこめかみから血を流していた。頭全体がずきずきいっていた。傷口が開いている感覚があり、そこから滴り落ちた血は、鼻柱を横切って床に血溜まりを作っていた。俺は静かに横たわり、殴られて意識を失っているように装っていた。その場に横になっている間でさえ、視界はぐるぐる回っていた。

おそるおそる近づいてきた時、彼は裸足だった。身動きせずにいると、慌てた様子で俺の身体を跨《また》いだ——彼の足は冷たい雪を踏み締めた。俺は摑んだ——宙に浮いた踝《くるぶし》を、がっちりと。

何とかバランスを保ちながら、彼は俺の手を蹴飛ばそうとした。ついに目的を達成すると、駐まっている四駆に向かって走り出した。

首根っこを押さえられるまでに、せいぜい彼にできたことは、車のドアを開けることだけだった。俺は、彼がどうにかして首輪を外したことに気がついた。

彼をドアから引き離し、顔の側面をエンジンフードに叩きつける。彼はまだ格闘していた——蹴りを繰り出し、自由になろうとしていた。

俺は激痛を感じていた。憤怒《ふんぬ》に駆られていた。血液中にアドレナリンが流れ込む。

最悪の方法で、彼を傷つけたかった。

「これが望みか？」

そう言うと、彼の頭をエンジンフードに二度、叩きつけた——レンタカーを凹《へこ》ませたに違いない。

「ずっと親切にしてやっていたのに、これがそのお返しか？」

車から引き離すと、彼は雪の中で足の踵《かかと》を踏ん張り、あの最初の格闘の時のように抵抗した。

彼は不利な体勢にあり、俺は彼よりも剛腕《ごうわん》だった。

「頼む！　解放してくれ！」

彼の声が雪原にこだましたが、その声は誰の耳にも届かなかった。雪は激しさを増し、俺たちの頭上に降り積もり始めていた。

俺によってポーチへ引き摺られていくと、彼は跪き、それ以上先へ行くことを拒んだ。

「お願いだ！　こんなことは間違ってる！　私たちは家族になれるが、こんな方法でじゃない！」

そう叫んだ彼の声には、痛みが混じっていた。眼の端は濡れているが、まだ泣いてはいない。身体は震えており、冷気は衣服の中にまで浸み込んでいたが、彼は小屋の中に戻りたがらなかった。

「言ったはずだな」脱臼《だっきゅう》する寸前まで腕を強く引っ張ることで彼を立ち上がらせると、俺は言った。「これ以外の道はない」

その一言と同時に、彼を半開きのドアの奥へ押し込む。俺はその後に続き、背後でドアを叩きつけるように閉めた。

彼は躓《つまず》いて床に転んだ。

小屋の温もりがただちに俺たちを包み込んだが、彼は寒さと、おそらくは恐怖のために、まだ震えていた。

「そこにいろ！」

俺は言った。怒鳴らずにはいられなかった。

この数日、些細なことを理由に怒りをぶつけてきたが、彼をこっぴどく傷つけてやりたい、と思うほどの憤怒に駆られたのは、これが初めてだった。血を見るまで彼を殴りたい。それから、彼の中身が捲れ上がるまで、滅茶苦茶《めちゃくちゃ》に犯したかった。

俺はその場を離れ、破壊され粉々になった椅子を跨ぎ、キッチンコーナーの小さな流し台へ向かった。

彼は視界の片隅に留まっていた。床の上で背を丸め、膝の間に顔を埋めている。わずかに前後に揺れているのは、啜《すす》り泣いているからかもしれない――わからない。

俺は顔の血を洗い流し、傷を確かめた。髪の生え際からこめかみにかけて裂傷を負っている。傷口をきれいに洗った後も、まだ出血していた。止血のために分厚いコットンを当て、それを固定するために頭にテープをとめるまで、多少の時間を要した。

傷の処置を終え、血が飛び散ったシャツを脱ぎ終える頃には、およそ三十分が経過していた。我を忘れるほどではなかったが、俺はまだ激怒していた。ドアのすぐ傍《そば》にある血溜まりと、壁からぶら下がっている放棄された首輪を見ただけで、怒りは甦《よみがえ》ってきた。

壊れた椅子を脇へ蹴飛ばし、彼の方へ向かう。

俺が眼の前に立ちはだかっても、彼は顔を上げようとしなかった。

「死にたいのか？」

俺はたずねた。前屈みになり、彼の毛髪を鷲摑《わしづか》みにして頭を持ち上げる。彼の顔は濡れていた。ずっと泣き続けていたのは、恐怖のためではない。絶望のためだ。非の打ち所のない、絶対的な絶望のために。

「こんな人生なら、生きる価値はないってわけか？」

俺は彼が自分の足で立つまで、さらに引っ張り上げた、数メートル離れた場所にあるベッドへ誘導し、その上に突き飛ばす。

「俺みたいな男に愛されたり、愛することを無理強いされるぐらいなら、何も感じない方がいいってわけか？」

彼は何も言わず、着地した場所に横たわっていた。俺は首輪に視線を移し、鍵穴に突き刺さっている針金に眼を留めた。

「もう一人の息子が哀しむんじゃないのか？」

息子への言及を受けて、明滅《めいめつ》していた命のともしびが、生気を失った彼の眼の奥に戻ってきた。

俺は彼のシャツを引き裂き、彼をたじろがせた。

「あんたの出来のいい息子は、もう失踪届を出したぞ」

衣服を剝《は》ぎ取りながら言った。彼の皮膚は冷たかった。着ていたシャツは溶けた雪で湿っている。その顔に浮かんでいる表情から、俺は確信した。

息子の話を持ち出せば、彼を自己憐憫《れんびん》から引き摺り出すことができる。

「あんたと定期的に交わしてる連絡が二回繫がらなかったもんだから、ドイツから届出を済ませたんだ」

彼は眼を見開いた。

「あいつの元へ行かせてくれ……」彼は座り直すと言った。「あるいは、せめて彼に、私が……」

何を口にすべきかわからず、彼は言葉を止めた。彼の眼は霞《かす》み、涙で潤んでいる。

「あんたが態度を変えるのは、息子のためになる時だけだ」俺は彼のベルトに指をかけた。

「彼のためなら泣けるんだ」

口答えをしたい衝動を制して、彼は歯を食いしばり、歯軋りした。だが、彼は俺がボタンを外し、彼のズボンを脱がしにかかっても、抵抗しなかった。ズボンもまた湿っており、踝まで雪に埋まっていた足は冷たかった。赤からピンクに肌の色合いが変わっている。

「私にどうして欲しいんだ……？」

「もしあんたが、もう一人の息子を思うみたいに俺を思ってくれるなら……俺を愛してるから、恋しいからって理由で、心からの涙を流してくれるなら……その時は、解放してやるよ」

彼が沈黙を貫いたことで、憎しみに満ちたネガティブな感情の奔流《ほんりゅう》が、俺の中へ堰《せき》を切ったように流れ込んできた。

彼は俺をじっと見つめていた。もう一人の息子への想いによって和《やわ》らいだ表情は、死の際に直面していてさえ、消えることはなかった。

俺は平手を見舞った。

彼はその強打を受け止めた。

俺の掌は、その頬に赤い痕を残した。

「義理の弟と父親を共有しても、構わないかもな」

俺は素早く、腹立たしげにズボンを足元に脱ぎ捨て、蹴り飛ばす。

彼は横顔を向けたまま固まっていた。これから何が起ころうとしているかわかっていたはずだが、彼の呼吸はひどく乱れていた。俺が両足の間に分け入り、彼の尻を膝の上に乗せるため下半身を引き寄せた時には、ほとんど啜り泣きを抑えられなくなっていた。

「あんたがちゃんとやってるってことを彼に知らせるために動画を撮ろうか」

そう言ったあと、二本の指を口の中で湿らせ、彼の中に押し込む。

彼の肉体は縮こまり、マットレスからわずかに持ち上がった。体内を駆け抜ける痛みを、少しでも和らげようとするかのように。だがいつもとは違い、彼は俺と争うことも、やめるよう要求することもなかった。

これが罰の一環だということを、理解しているのだ。

「〝あんた〟と〝もう一人の息子〟がどんなふうに仲良くやってるのか、失われた年月の間に横たわっていた溝を埋めてる姿を見せてやろう」

彼がきつく眼を閉じると、涙の筋が眦《まなじり》から流れ落ちた。再び瞼を見開いた時、その眼の奥には儚《はかな》げな光が宿っていた。

「もし、私がお前を不当に扱ったと信じているなら……だからこんな真似をしなくてはならないと言うなら、やればいいんだ」

彼の声は震えていた。自分を呑み込もうとしている圧倒的な痛みと恐怖にもかかわらず、勇気を振り絞ろうとしている。

その事実に、俺は微笑んだ。

「だが、関わりのない人間まで巻き込むな」

「おや？」

俺は指を引き抜いてから、再び付け根まで手荒く押し込む。

その行為に、彼は怯み、そしてその事実に、俺はまた微笑んだ。

「あんたは、俺たちに愛に満ちた義兄弟の関係を築いて欲しくないのか？　きっと彼だって四六時中こんなことを考えていたんだろうけど、ちゃんと眼を凝《こ》らして、その事実を見つめる度胸がなかっただけだ」

「黙れ！」彼は余力を振り絞り、その一言を叫んだ。

「もう、それ以上はやめ――」

最後まで言わさず、俺はペニスの頭を、わずかに開いた彼の蕾《つぼみ》に押し当てた。容易な挿入は望むべくもなく、俺自身も完全に硬くなっているわけではなかった。ただ、彼の言葉を黙らせて、悲鳴を聞きたかったのだ。彼に赦《ゆる》しを乞わせるか、あるいは逃亡を図るという過ちを犯したことを認めさせたかった。

ともかく、明らかに彼が俺よりも愛している、俺の知らない義弟を守るための主張を聞かされる以外なら、何でもよかった。

俺は彼に自分を押しつけた――その小さな孔《あな》を貫くのは不可能に感じられた。さらに力を込め、奥へ分け入ると、彼は叫び始めた。

窄《すぼ》んでいた開口部の縁が緩み始めた時、彼は俺から離れようと身を捩《よじ》った。無理やり抉《こ》じ開けられ、おそらく、わずかに裂けている。

俺はやめなかった。

「何をやめろって言おうとしていたんだ？」

俺は言った。痛いほどのきつさだったが、そのことは気取《けど》られないようにした。小さな蕾が弛緩《しかん》し、太い亀頭を呑み込むまで、動きを止めずに彼を貫き続けた。彼は悲鳴を発した——俺たちが結合によって辿り着いた小さな到達点。俺が彼の純潔《バージン》を奪った瞬間だった。ペニスを圧迫するきつすぎる締めつけはそんなに気持ちよくはないが、彼の中に入っているというこの上ない事実を思うと、うっとりとなった。俺は今、彼がかつて他の誰とも経験したことのない類《たぐ》いの深い結合に至ったのだ。

その事実に硬くなった。俺は彼に微笑みかけささやいた。

「心から愛してるよ」

彼は俺を認識していなかった。この瞬間を耐え抜くために、きつく眼を閉じている。

「締めつけるのをやめたら、もっと楽になるぞ」

彼は俺を無視した。

俺は手の中に唾棄《だき》し、それを竿に擦りつけた——奥深くへ滑り込む前に、できる限り湿らせる。彼はまだ強張っており、中へ押し入るのも一苦労だった。だがそれは、嬉しい痛みだった。俺が今後も忘れることなく、回想のたびに堪能《たんのう》する類いのものだった。

「引き裂かれたくなかったら、もっと身体をリラックスさせるんだ」

その忠告が馬鹿らしく聞こえたのだろう。彼は眼を見開き、俺を真っ直ぐに見ようとした。

「私を……レイプしながら、よくもっ……愛してるなどと言えたな？」

言葉は、噛み締めた歯の間から鋭く発せられた。

俺は上体を倒し、彼の顔を掌で包んだ。親指で上気した頬を撫でる。

「他のやり方じゃ、あんたは認めてくれなかったから。これが俺のやり方だ」

中心に向かってゆっくりと臀部《でんぶ》を回転させ、熱く引き締まった器官へペニスを捻《ね》じ込んでいきながら、俺の方を見るよう、彼の顔を掴む。徐々に、体内の奥深くへと。

苦痛に意気地を奪われてしまったのか、彼は臆面《おくめん》もなく啜り泣き始めた。彼自身の内面が奥深くまで侵略されていくにつれ、急速に回復した反抗心は貪り尽くされて、消失した。

俺の興奮は、彼を少しずつ奪っていくごとに高まっていった。

そして、俺は自覚するに至った――こんな形でしか彼を欲しくなかった。こんなふうに、完全に彼を俺のものにしたかったのだ。

彼のことを父と呼び、俺たちの関係が、時たま電話を交わすだけの関係に落ち着いていくことでは、満足できなかったはずだ。

「こいつはな、二十三年前に俺の父親になった、あんたって男だけの問題じゃないんだ」

「俺のあんたへの愛の問題だ。俺たちの将来の話だ」

「将来なんて……ものはない……」

その続きは鋭く吸い込んだ息の音に掻き消された。俺はすっかり彼の中に納まった。前屈みになり、彼にキスをする。

「すごくいいよ、あんたの中。口よりずっと気持ちがいい」

先端まで引き抜くと、蕾の縁はまだ亀頭に絡みついており、完全に抜くまで、開口部は小さく盛り上がっていた。再び押し込むまで、俺は数秒間待った。挿入ごとに動きはスムーズになっていったが、彼の肉体はまだ緊張しており、涙は止《と》め処《ど》なく流れ出ていた。

「これ以上は……無理だ……」

彼はついに言った。俺の両腕を摑むため、両手を持ち上げる。

「お願いだ……抜いてくれ……」

「すぐによくなるよ」俺は約束し、もう一つキスをした。「ちょっとの我慢だ。多少痛いだろうが、いずれ慣れることだ」

俺は両手を彼の背後に滑らせ、尻に添えた。浅い突き上げで出し入れを開始すると、彼は頭を振った。数センチ穿《うが》ち、また引き抜く。彼の内側は、痛みをもたらす侵入者を追い出そうと締めつけてきた。その締めつけは俺の竿を気持ちよく擦り上げ、締め上げ、俺の中に広がった快感を増幅させただけだった。文字通り、彼を味わっていると言ってもいいほどだ。

呼吸の合間に言葉を紡ぐごとに、彼は懇願した。だが、俺がどれほど激しく突き上げようと、俺に対し譲歩することを訴えることはなかった。俺が彼から奪おうとしているもの

を、手放そうとはしなかった。耐え難《がた》い痛みに耐えながら、まだ過去にしがみついている。たとえ彼自身が壊されようと、それらを諦めはしない、という断固たる決意。

たいしたことじゃない。

彼がどうなろうと、俺は彼を愛するだろう。たとえ砕け散ってもなお、その小さな欠片《かけら》ひとつひとつを愛《め》でるだろう。

俺がペースを上げると、彼はまた足掻き始めた。

彼の尻を摑む指先には力が籠《こ》もり、痣《あざ》を作っている。再び頭痛が始まった。視界が霞む。傷口から血が一筋垂れ落ちた感触に、俺は彼を罰するつもりだったことを思い出した。その不服従ゆえに、彼を傷つけるつもりだったことを。

「もう逃げようなんて思うなよ……！」

おそらく、彼には聞こえていなかっただろう。悲鳴は大きくなり、狭い小屋の空間にこだました。垂れ落ちた俺自身の血が彼の大腿に赤い斑点を作っても、俺は彼を激しく犯し続けた。血の雫は、彼の色白の肌に幾筋かの川を作り、滴り落ちた。激しく、素早く突き上げるごとに、俺は血を流した。止められなかったのだ。真っ白になった視界が、徐々に薄闇からより濃い暗闇に包まれていったが、自分を制御することができなかった。

全身の力が抜け落ちたことはわかっていたが、まだ意識はあった。記憶が吹き飛ばされるほど、俺は激しく射精した。

再び自分を取り戻した時には、彼の上に寝そべっていた。俺のペニスは、萎えてはいたが、まだ彼の中に食い込んでいた。

彼が気を失っているかどうか確かめる必要はなかった。呼吸は乱れておらず、苦しげですらない。身体は俺の下で捻じ曲がっており、微動《びどう》だにしなかった。

俺はまだ出血しており、頭の中がぐるぐる回っていた。彼の肩に頭を預け、静かに横たわり、眩暈《めまい》が治まるのを待つ。肉体の他の部位が他人のそれのようだった。下腹部からおびただしく放射され、体内を駆け巡っている、何か電気的なじりじりとした痛みは、まだその威力を失っていなかった。人生で体験した、もっとも強烈なオーガズムのひとつだった。指先の感覚を失ってしまうほどの。

小屋が完全に暗闇に包まれているという以外は、時間の観念をすっかり失ってしまっている。もはや、窓から差し込む微《かす》かな明かりさえ存在しない。ここにあるのは高揚感《こうようかん》と、父の落ち着いた呼吸音だけだった。そして、俺たちが一緒になって以来、初めて感じる充足感が、そこにはあった。それがたとえ、一過性のものだとしても。

ささやかな至福の瞬間、俺は満ち足りた気分だった。ついに満ち足りたのだった。

5

〈ゴールデン・フォールズ・エステーツ〉の管理人は、一際目立つビール腹がウェストバンドから迫り出している中年男で、デニムのオーバーオールが今にもはち切れそうだった。後退した生え際のせいで、実際よりも頭が大きく見える――ほとんど漫画の登場人物。彼は先を急いでいた。背後にいる二人の男よりも、太い足を素早く動かさなくてはならない。

「親父さんの件、残念だよ」

ドアの前で立ち止まると、管理人は言った。手の中の鍵を鍵穴に差し、回転させる――カチッという小さな音が響き、ドアノブが回された。

二人の男のために、ドアが開けられる。

「ありがとう、リーバーマンさん」

フィリップ・ブラックストーンは言った。

「好きなだけいてくれて構わないよ。オーナーも事情はわかってるからね」

「感謝してると伝えてください」

フィリップはそうつけ足した。

管理人はうなずき返し、二人に別れを告げると、今しがたやってきた方向へ足早に立ち去った。


「本気で、ここに泊まるつもりですか？」

フィリップの後から部屋に入り、ドアを閉めてから、ジョージ・コナーズはその問いに答えた。

「ああ」

フィリップの声は、ささやきに近かった。彼は左右に注意深く視線を走らせる。最後にここを訪れた時、そこに存在しなかった物を探り当てようとするように。

「親父が戻ってくるかもしれないから」

「最後にここへ来たのは？」

「一年前です」

フィリップは答えながら、キッチンへ入っていった。靴の踵がカーペットに足跡を残し、リノリウムの床の上でこつこつと音を立てる。

ジョージは後を追わなかった。フィリップの靴音が、コンロの前を通り過ぎ、冷蔵庫の前で止まるのを聞いていた。

「休暇は年に三十日取れるけど、使える状況じゃない。常に人員不足なもんで」

「ああ、知ってる」

ジョージは居間に足を踏み入れた。フォトフレームが飾られている棚の前で立ち止まり、再び写真を観察する。

「六年間、空軍にいた。同じ上司と、同じ毎日」

フィリップはキッチンから姿を現すと、居間で彼と合流した。ジョージの傍《かたわ》らに立ち、写真を眺める。その顔に、はっきりと顰《しか》め面が浮かぶ。自分を押し流そうとする感情の前で、踏みとどまろうとしているかのようだ。

「全力を尽くすよ」ジョージは、フィリップの肩に片手を置いた。「きみの親父さんを連れ戻すために、やれることは全部やる」

静寂。ジョージがフィリップの肩をぎゅっと摑み、その手を離すまで、二人の間に長い沈黙が流れた。

「きみに見て欲しいものがあるんだ」ジョージは切り出した。「寝室にある」

フィリップは深く息を吸い込み、ゆっくりと吐き出した。ひとつうなずき、ジョージの後に続く。

寝室は静けさに包まれており、整然としていた。ベッドは整えられている。バーチカルブラインドは畳まれた状態で、手入れが行き届いた窓ガラス越しに、陽の光が差し込んでいる。

「俺が想定したタイムラインによるとだ」

ジョージは言った。

「午後八時をちょっと過ぎた頃、親父さんは職場近くのイタ飯《めし》屋を後にした。友人たちによると、店を出たのは彼が最初だったので、時刻は推測。だが、クレジットカードの最後の使用履歴から、確認が取れてる。金曜の仕事終わりには、帰宅する前にガソリンタンクを満タンにする習慣があったようだ。翌週の仕事に備える、親父さんなりの方法だ」

フィリップはうなずいた。

「そうしていました」

彼は言った。洋服ダンスの前まで行くと、引き出しのひとつを開け、中を観察した。

「親父は習慣で動いている人だった。時計仕掛けみたいに」

「ふむ……二ブロック先にあるセルフのガソリンスタンドでカード決済したのが、午後八時二十一分」

「折り合いをつけるために、そうしていたんだ」

フィリップは、検《あらた》め終えた一番上の引き出しを閉じた。二番目を開ける。

「何だって？」

「お袋が死んだ後、親父はすっかり自棄《やけ》になっちまって。精神科医に会わせるまでに、数ヵ月かかった。で、回復した。医者が言うには、決まり切った日課に従ってきちんとした生活をすることに、特にこだわるようになったそうです。まあ、昔以上にって意味だけど。何か実体があるものに縋《すが》りたかったんでしょう。お袋の代わりになる、支えになるようなものに」

「彼はかなり几帳面なタイプと推測できる」ジョージは続ける。「だからワードローブや洗面用具のことが気になったんだな」

「え？」

困惑している年下の男に微笑してみせ、ジョージはクローゼットのドアを開けるよう、身振りで示した。

洋服ダンスのことはいったん忘れ、フィリップは二つ折り式のドアを開けた。

彼は眉を顰《ひそ》めた。ドレスシャツが掛かっていた場所に、四本の裸のハンガーが残されている。二本のズボンの間には、三本のズボン用のハンガーが吊るしてあった。

「こいつが意味するのは、親父さんが一週間程度の旅行のために荷物を纏《まと》め、自分の意思で去ったってことだ。だが来る月曜の準備はしていたし、直前まで一緒に食事していた友人たちに、旅行について仄《ほの》めかすことさえしなかった」

「キャリーバッグもなくなってる」

フィリップは、バッグが置かれていたはずの空間を見つける。

「俺が二年前のクリスマスにプレゼントした、赤と黒のやつです」

「洗面用具も、バスルームから消えている」

ジョージは言った。

フィリップはベッドの端に腰を落とし、片手で頭を抱えた。

「どういうことなのかわからない。親父は、俺にも……誰にも告げずに荷造りして、こんなふうにいなくなるような真似はしない」

ジョージはコートのポケットに両手を突っ込んだ。

「俺も、親父さんはそんなことはしないと思うね」

「というと?」

フィリップは顔を上げ、たずねた。

「容疑者リストは空っぽだ。誰もが親父さんを高く買っている。落ち込んでいた様子はなかった。思いつきの旅行計画について、誰かに話してもいない。自分の車を運転しておらず、クレジットカードを使っている形跡がない点は、とりわけ重要だ」

「手掛かりはなし」

フィリップは要約した。

「ただ推測があるのみ。そして、証拠と推測は、互いにいがみ合ってるみたいだ」

「つまり？」

「すべては、これが面識のない人物による誘拐だということを示唆《しさ》している。だが、きみの親父さんにとって、この人物はアカの他人ではなかったわけだ」

フィリップは眉間に皺を寄せた。

「誰が親父さんを連れ去ったにせよ」ジョージは続けた。「その人物は彼の習慣をありのままに把握していた。彼の荷造りをするためにアパートへ侵入することが可能だったほど、十分に近づくことができたんだ。警戒心を抱かせず親父さんの生活に踏み込むことができたのか、あるいは親父さんにとって、あえて誰かに話す必要性を感じない人物だったか——」

フィリップは自分の手を見下ろした。片方の手が、もう一方の手を捻っている。

「そんな人物には、心当たりがない」

彼は言った。

「そうだろうとも。ここに滞在している間、私の頼みを聞いてくれるかい」

「親父を見つけるためなら、何でも」

「きみの親父さんを連れ去った人物は、彼の知人だったという線でいくなら、二人の間に何らかの〝交換〟があったはずだ」

ジョージは言い、自分を当惑気味に見つめ返すフィリップを観察するため、話を中断してから、

「つまりこうだ――二人の人物がいて、そこに接点があるとしたら、彼らは互いに何かしら奪い合っていく。誰の眼にも明らかな形でかもしれないし、あるいはごく繊細な、見えない形を取ることもある。〝転移の法則〟だよ」

「どういうことです？」

ジョージは寝室の方へ視点を移動させた。

「犯罪が起こったと証明できるまでは、鑑識にこの部屋を洗わせるわけにはいかない。だが、ここに何かあることは請け合うよ。このアパートに、きみの親父さんとその人物を結びつける手掛かりがある……きみに、それを見つける手順を教えよう」


血痕を始末するのに、多少の時間が掛かった。

頭部の裂傷は深いらしく、傷に当てたコットンには大量の血が染み込んでいたが、今は出血が止まっている。

流しに捨てた血に染まったコットンを、俺はじっと見つめた。鮮やかな深紅が穢《けが》れた艶《つや》めきを帯びている。

鏡を見上げる——絵はがきと同じ程度の大きさの、小さな四角い枠。俺は青白く、今の気分に見合ったひどい形相《ぎょうそう》をしている。

窓からはまだ外光が差し込んでいなかったが、すでに早朝だった。

ほとんど眠っていなかった。絶えずつき纏う頭痛に苛《さいな》まれている感覚と、やっと父とひとつになったという高揚感が奇妙に交じり合い、そのせいで眼が冴えていた。

俺は再び顔に水を浴びせた。今度は冷水を。ほんの少しだけ気分がよくなった。

毛布に包まれた影しか見えなかったが、父がまだ眠っていることはわかっていた。眠っている時の彼の呼吸は一定のペースを保っている。昨夜、気を失って以来、一度も目覚めていない。

俺はテーブルの傍に置かれた椅子に座った。正体をなくすほど飲みたかったが、頭痛を悪化させるだけだということはわかっていた。

何やら、事は思い描いていたようには進んでいなかった……俺は、欲しい物を手に入れたにもかかわらず。

愛してくれなくても別に気にしない、と彼には言ったが、それは嘘だった。俺は気にしている。そして、俺が切望していた通り、二人は初めてひとつになった——かつて一度も体験したことのない、これほど深く愛した自分以外のもう一体の人間との、肉体の結合。その瞬間とその直後は、俺の世界は完璧だと感じた。だが数時間が経過し、俺はからっぽだった。

再び失った。

気分がもっと悪くなるだけだとわかっていなければ、ただそこに座って、小さな子どものように泣いていたに違いない。

朝陽が凍った窓ガラス越しに忍び入ってきて、完全な暗闇だった空間に室内の陰影が浮かび上がるまで、俺はテーブルに座っていた。

彼はいつからか目覚めていたようだが、静かに横たわっていた。おそらくじっとしていて、寝ているふりをすれば俺が自分の処へ来ないとでも思っているのだろう。だが今、俺には彼の容貌がうっすらと見えた。両眼は見開かれており、天井の一点を凝視している。まるで、誰かに棄《す》てられた磁器の置物みたいだった。四肢の関節は壊れ、かつて滑らかだった顔にはひび割れがある。彼はそこに身動《みじろ》ぎもせず横たわっている。生きていることを示す唯一の反応は、胸部の微かな上下運動だけだった。

部屋が陽光に照らされた頃、俺は彼のもとへ行った。彼の指の手当てにかかった。傷ついた指だけが、内側に丸めた他の指の間から突き出ていた。

汚れた包帯が取り外された時、痛みがあったはずだが、彼は一言も発しなかった。傷口は再び開いていた。この時は、傷口の奥から骨がちらっと見えた。

いずれこの指の機能は失われ、そうなれば遠からず切断する必要性が生じるだろうと、傷口を消毒する俺にはわかっていた。

「ごめんよ」

彼は答えなかった。俺の謝罪に慣れてしまったし、それらが何の意味も持たないこともわかっていたからだ。

「もしこの世界に、他に何も存在しなかったら、きっと最高だろうな」

俺は喋ると、咽喉が焼けるようだということに気がつく。俺の眼は濡れていた。

「ただ俺とあんただけ。他は何もいらない」

眼から溢《あふ》れた涙が頬を伝い、彼の指に巻きつけていたガーゼに雫が着地し、繊維の奥へしみ込んでいった。

彼はようやく俺を見上げた。俺はその光景にはっとした。まもなく、涙は止め処なく流れ出し、ダムが決壊した後は、洪水のように溢れ出した。

彼は何も言わず、俺の濡れた頬に手を押しあてた。俺を引き寄せると、頭を彼の肩に押しつけた。

俺は声を上げて咽《むせ》び泣いた——ちっぽけな子どものように。

これほど盛大に泣いたのは、母に殴られた時以来だった。思わずそんな苦々しい記憶が

甦ってきてしまい、人生において初めて、俺は母を憎んだ。母親が俺には決してしてくれなかったことを、父がしてくれているこの時に、彼女のことを考えたくはなかった。

俺の髪を優しい手で撫でている間、彼は何も言わなかった。

6

フィリップ・ブラックストーンから連絡がないまま、一日が静かに経過した。デスクの端に、きちんとラベル貼りされ積み重ねられた未解決事件のフォルダーを矯《た》めつ眇《すが》めつしている間も、ジョージ・コナーズは頭の片隅でそのことを意識していた。

何か引っかかるものがある。彼の直感は、この事件に引きつけられていた。その何かとは、直感的に〝知りたくない〟と強く感じさせられるものだった――彼を打ちのめす恐れのある秘密のようなもの。

だが翌日、午前中にフィリップから電話がかかってきたことで、事は動き出した。出勤途中、大手カフェチェーン店のドライブスルーでコーヒーを待っている間に、ポケットの中で携帯電話が鳴った。

「クローゼットの中の、父のズボンの尻ポケットにあった」

フィリップは切り出した。彼はゆっくりと話した。

「名刺を見つけた」

フィリップがその名を口にした時、ジョージは咽喉に渇きを覚えた。この数日間、ずっと感じていた胸騒ぎが実体を伴い始めた。

「くそ……」

ジョージは言った。

「何か？」

「何でもない」

彼は言った。ロゴマーク入りのエプロンを身に着けた女性に、会話を中断させられる。彼女はドライブスルーの小さな窓から身を乗り出し、コーヒーを手渡してきた。ジョージはそれを受け取り、うなずき返してから車を発進させた。

耳はまだ携帯電話に張りついていた。気がつくと、手が震えていた。

駐車場の空いているスペースに滑り込む。

「管理人を捉《つか》まえて、彼の事務所で一時間後に会いたいと伝えておいてくれないか」

「わかりました。何か問題でも？」

「はっきりさせたいことがあってね。たいしたことじゃないかもしれんが」

電話の向こうから、束の間の沈黙が返ってきた。フィリップは、詳しい話や理由を知る必要があるかどうか黙考した後で、その必要はないと判断したようだった。

「ではまた後で、コナーズ刑事」

そう言うと、彼は電話を切った。


ジョージは親指と人差し指の間で名刺を弓形に折り曲げた。再び名刺を見下ろし、紙面中央、警察のロゴマークの下にエンボス加工された名前を再読する。

「この人物をご存知なんですか？」

フィリップはようやく言った。

「ああ」ジョージは彼をちらっと見て答えた。「俺たちの身内だ」

ジョージはカウチに落ち着けていた腰を浮かせ、立ち上がった。窓まで歩いていき、外を見る。

「これは重要な手掛かりかな」

フィリップは、ジョージの横に移動するために席を立つと、そうたずねた。彼はジョージが凝視していたものを見た。駐車場を隔てて建っている棟を。

「重要かどうかはわからない」

フィリップに余裕のある笑顔を見せ、ジョージは言った。

「確たる証拠が見当たらないうちは、どんな糸であれ手繰《たぐ》り寄せるまでだ。無駄骨ってこともある」

「何で、親父は警官と知り合ったんでしょう？」

「二人が知り合いだったからって、おかしな話じゃない。郵便ボックスフロアを共有しているからな」

ドアへ向かう前に、ジョージはフィリップの肩を叩き、それからぎゅっと摑んだ。

「リーバーマンとちょっと会ってから分署に戻る。他にも私に見せられる物が何かないか、親父さんの所持品を調べてくれないか」

「もちろんです」

フィリップは言ってから、ふと静止した。彼の声は柔らかくなった。

「俺に、すべて話してくれますよね？　たとえ不都合なことがあっても。それが悪いニュースでも。知らないでいる方がはるかに辛いので」

最後の一言を言い終えた時、フィリップの声は震えていた。

気丈に振る舞う彼を気遣いジョージは顔を背ける。

「大丈夫だ。何事も秘密にはしない」

そう言い残すと、居間を大股で横切り、外へ出た。

「確かなんですか？」

大きな銀色のキーリングに束ねられた、片手に余るほどのよく似たブロンズ色の鍵を選別しながら、リーバーマンはたずねた。

彼らは、外壁に〈3E〉と打刻されたアパートの正面玄関に立っていた。

「捜索令状とか、そういったもんは本当に必要ないんですね？」

「俺たちは何も探しちゃいないし、何も取っていったりしないよ」ジョージは言った。「ひとつ、確かめたいことがあるだけだ」

「何だかいい気はしないですね」

リーバーマンはそう言いながら、鍵の束の中から一本選り抜く。鍵穴にそれを滑り込ませたが、捻りを加えることには躊躇《ちゅうちょ》していた。

「責任はすべて、俺が持ちます」

作業を続けるようリーバーマンにうなずいてみせながら、ジョージは言った。

「今、優先すべきことは、ブラックストーン氏を探し出すことだ。たとえこれが間違いだとしても……いや、間違ってるとは言ってませんよ」

数秒間続いた居心地の悪い葛藤《かっとう》の末、リーバーマンは鍵を回した。カチリ、という音と同時に開錠し、ドアが開いた。まだ午前中の早い時間帯だったにもかかわらず、アパートの中は暗かった。ブラインドは下ろされている。

ジョージはダウンライトを灯《とも》し、最初に中へ踏み込んだ。リーバーマンは、玄関先に張りついたままだ。

部屋のレイアウトはブラックストーンのアパートと同じだった。各部屋のライトを灯しながら、アパート中を歩き回っているうちに、ジョージはすぐにそのことに気がついた。家具はごく最小限にとどまっており、予備の寝室は空っぽのまま放置されている。このアパートには、テレビやオーディオ装置すらない。

「この部屋の住人について、かなり詳しいですか？」

一通り部屋を見て回り、再び居間に戻ってくると、ジョージはリーバーマンにたずねた。

「それほどじゃ」リーバーマンは答えた。「彼が初めて内見にやってきた時、いくつか部屋を見せてやった。それだけですよ」

「彼は、とりわけこの部屋にこだわった？」

ベネチアンブラインドから垂れ下がっている紐を引っ張りながら、ジョージはたずねた。ブラインドは、ちょうど窓の外が見える高さ、駐車場を隔てた反対側のアパートを見下ろせる中ほどの位置まで引き上げられた。

「そうだったかも。湖に面した眺めのいい部屋があったはずだが、彼はここを気に入ったんです」

ジョージは駐車場を見下ろした。週末の早朝のせいで、ほとんどの駐車スペースは空になっていた。ブラックストーンの黒いセダンは、丁寧に引かれた駐車場の区画ラインと平行してぽつんと駐まっている。

彼は正面のアパートを眺め、それから、自分が立っているアパートと向かい合っている三階の部屋に視線を注いだ。十分前まで、彼がフィリップと一緒にいた場所だ。

腹の奥で燻《くすぶ》っていた悪い予感が深まった。同僚の名前が刻まれたポケットの中の名刺が、突然、その重みを増した。

（ウリエル・ブラックストーン……あんたとあいつの間には何があるんだ……？）


彼はもう、俺を罵ることも、俺に手向かおうとすることもしなくなった。

四肢は、俺に拡げられたままの状態だ。俺が彼の中に押し入ろうとすると怯んだが、それだけのことだった。堪《こら》えている悲鳴を呑み込む。暗闇の中ではほとんど姿が見えなかったが、俺は感じ取った。彼を見る必要はない。ただ、感じられさえすればいい――彼と結びついているということを。

ベッドが呻き声を上げ、突き上げるごとに、フレームがぎしぎしと鳴る。小さな空間では、その音は淫らに、明瞭に響く。彼に悲鳴を上げさせるべく、懇願させるべく、俺はさらに激しく犯した。彼が俺に応えるように。

彼は反応しなかった。

顔は背けられている。息遣いは荒々しく、両手の指はシーツに縋りついている。

「俺に犯《や》られてるだけで、自分ひとりでイけるか？」

その言葉に顔が赤くなったさまを、俺は心に思い描いた。陵辱《りょうじょく》されている時でさえ、彼は慎ましいままだ。いまだに、いやらしい言葉に顔を赤らめる。その事実が、彼を慈《いつく》しむ俺の気持ちを加速させる。

「俺に触れて欲しいのか？　それとも――」

言葉尻を濁し、俺は彼の無傷な方の手を取り、下腹部へ誘導する。

自分の性器に指先が触れると、彼は抵抗し、手を引っ込めようとした。

「もう十分、私で楽しんだだろう？」

彼は咽喉を鳴らした。この数時間で、俺に向けて発せられた初めての言葉だ。

「手っ取り早く済ませろ。何であれ、お前が――」

最後まで言い終えず、再び顔を背けた。

彼はマネキン人形に成り下がってしまった。自分の身に何が起ころうと、粛々《しゅくしゅく》と受け止めるのだ。

中身を抉《えぐ》り取られたからっぽの男。

これ以上、奪えるものは何もない——俺の方は、さらに奥深くまで彼を貪り尽くしたいという欲求に駆られていても。

俺は彼から離れた。

その行動に怯み、彼は俺を見上げた。

暗い部屋の中で輪郭は霞んでいたが、俺にはどんな表情を浮かべているかわかっていた。

「俺を愛してるか？」

そうたずねた。

幾度となく問いかけてきた質問。答えが返ってきた時もあったが、多くの場合は、そうではなかった。

「私の答えが重要か？」彼は言った。「私の意見など無視して、好きにしているじゃないか」

言葉とは裏腹に、その口調は怒っているようにも、恨みがましくも聞こえなかった。

俺は彼の上に横たわり、顔の側面を胸に押しつけた。不明瞭な鼓動が感じられる。

不意に、温もりに満ちた子宮の中にいることを想像する——たった一本の命の糸で生みの親と結びついていることを除けば、世界から隔絶された慎ましい器官の中に抱かれているというのは、こんな感じだろうか、と。

しばらくの間、俺たちは黙っていた。時間の流れを意識させるものは何もない。俺は、かつて感じたことのなかった温もりに包まれていた。彼が両腕を回してくれるか、頭髪を撫でてくれたらいいと願ったが、彼は動かなかった。

「これからどうするつもりだ」

ようやく、彼は言った。柔らかい口調だったが、その声は空虚《くうきょ》な小屋を満たした。

「何日も……何週間も――こんな暮らしをするために、これまでの人生を棒に振る気なのか？」

「あんたと一緒にいることは、俺にとって人生で一番大事なことなんだ。他のものはいらないし、欲しくもない」

「呆《あき》れた答えだな。いつかは、誰かがお前の尻尾を摑むぞ」

「そうだな」俺は答えた。「実際、もうすでに、あんたを捜し回ってる連中がいるよ」

俺は上体を起こし、その場に座った。

「彼が恋しいか？　俺とここで寝ている間、連中が早く見つけてくれるよう、心の中で祈ってたのか？　もう一人の息子が来てくれることを？」

彼が吐き出した溜め息の意味が、俺にはわからなかった。再び頭に血が上り始めた。不

合理な考えが、またしても心に雪崩《なだ》れ込み始めた。

俺はベッドを離れると、シャワーを浴びに行った。その作業を終えると小屋の照明を灯した。彼はまだベッドに、俺が残していった状態で横たわっており、両眼は天井を凝視している。

「腹減ってるか?」

スーツケースから清潔な衣類を取り出しながら、俺はたずねた。

「いいや」

何をたずねても、必ず〝いいや〟という答えが返ってくる。この小屋に来て以来、彼は空腹というものを感じたことがないようだ。食事の際は、小さなテーブルに彼を座らせ、与えた物をすべて食べ終えた後だけ、退席を許すという繰り返しだった。

俺は着替えを終えると、彼を観察した。まだ一週間しか経過していなかったが、眼に見える変化が彼に起こっていた。肌は青ざめ、健康的な艶が失われつつある。体重も減った。疲弊している様子だ。

彼は、たった数ヵ月前に自宅の居間で、家族について話しながら素晴らしい微笑みを見せてくれた男ではなくなっていた。

そして俺は、自分が何を感じているのかわからなくなっていた。だが、この胸を鷲摑みにするおぞましい感覚のうちのひとつは恥、もうひとつは、罪悪感だった。

俺の愛はあまりに深すぎ、この男を破滅させた。それでもまだ、彼を行かせることはできない。

「あんたなしじゃ、俺は生きられない」

ズボンをずり上げながら言った。着古したデニムパンツだ。

彼は俺の方を見るために、首を横に捻った。その顔には微かにではあるが、興味を注がれるものを発見したような表情が浮かんでいる。

「私なしでも、お前は死なない」彼は言った。「私がいなくても、お前がいなくても、世界は回り続ける。私がいなくても、お前がここまで一人前になり、成功を収めてきたように」

また新たな質問が俺の舌先から零れ落ちようとしていたが、俺は静かになるのを待つことにした。二人の間にある空気が整うのを。長袖シャツを着て、食卓テーブルの椅子に座る。

「俺が憎いか？」

彼にたずねた。

身の竦むような質問だった。彼の答えに対し、自分がどう反応するかさだかではなかったが、知りたかった。たとえ、その答えを知ったところで何も変わらなくても。

「いや」短い沈黙の後、彼は続けた。「なぜこんな真似をするのか、理解はしている……お前にも自分の行動が引き起こす結果を十分に理解できれば、と願ってはいるがな」

「わかってるさ」俺は答えながら、ブーツを履く。「だけど、そのことは考えないことにした」

ああ……と彼は言った。

「町まで行って、あんたの指の治療に役立つものがないか見てくる」

俺は椅子から立ち上がった。

「壊疽《えそ》の兆候が見える。どうすればいいか、医者に相談する必要がありそうだ」

彼は無傷の方の手で目元を覆い、わずかばかりショックを受けている様子だった。動揺し、泣き出すのではないかと思ったが、そうする代わりに、彼は笑い出した。

「この何日間か、お前とは父と息子としてまったく不自然な関係を築いた。もっとも苦痛のあまり、切断してくれるよう泣きつくことを考えてしまうほど、この指のことを考えてばかりいたが。今じゃ私に考えられるのは、お前がこの指の処置のためにナイフと酒瓶を買いに町へ行くことが、どんなに理に適《かな》った判断かってことだけだ」

俺はジャケットに袖を通した。

「……私たちの始まりの終わりが、こんな決着を見ることが、どんなに理に適っているか」

彼は目元から手を下ろし、それから包帯が巻かれた指を観察するため、負傷している方の手を持ち上げた。

「これは私に与えられた罰だな」

俺は何も言わず彼を見つめていた。

彼の声は段々とやさしくなった。眦から毛髪の間へ涙が零れ落ちた。

「お前を堕落《だらく》させたことへの、私への罰だ。お前を破滅させ、将来を踏みにじったことへの。そしてお前の中で今燻っている憎しみに対する、私への罰だ。この指を失うことが、お前を救う代償として十分であってくれればな」

俺は彼の傍に寄り、前屈みになると額に口づけした。

「休んでろ」そう言うと、腕を下げさせ、シーツを身体に引っ張り上げた。「すぐに戻ってくる」

「繋がないのか？」

「ああ」

俺は言った。なぜかは説明しないでおくことにした。

彼の濡れた眦を親指で拭い、姿勢を真っ直ぐに戻す。俺はもうしばらく、そうして彼を見下ろしていた。彼が瞼を閉じてしまうまで。


雪に覆われた四駆のところまで出ていった時には、午後二時を回っていた。エンジンを作動させ、フロントガラスに張りついた氷を削ぎ落としている間、父の言葉は俺の頭の中でこだましていた。

どう感じるべきか、何を感じるべきかということすら、俺にはわからなかった。彼が言った意味を理解することはできたが、彼が伝えようとしたことはわからなかった。

近くの町へ車を走らせている間も、まだそのことを考えていた。

父の傷の具合についてたずねるため、俺は街に暮らす看護師の友人に電話をかけた。腰を落ち着けたのは小さなダイナーだったが、店内には、ランチ時が過ぎても居座っている客が数人いるだけだった。手元に置かれたセラミック製のカップに注がれたコーヒーには、まだ手をつけていなかった。すぐ横には、小分けされたクリームの容器が入った小さなボウルと、砂糖の袋が入ったバスケットが置いてあった。

俺は耳に押し当てた電話を片手に持ちながら、もう一方の手には、掌を温めるためにコーヒーカップを持っていた。

看護師の友人が、いつも通り上機嫌に早口で喋っている間、窓越しに通り過ぎる人々を眺めていた。

「指を残したいなら、できるだけ早く外科手術を受けなくては駄目よ。まだ間に合うならの話だけど」彼女は言った。「一番危険なのは、壊疽が広がること……長い間、治療せず放置していたら、手を丸ごと失うかもしれないわ、あるいは腕を。敗血症《はいけつしょう》で亡くなる恐れだって」

「なるほど」

彼女に電話をかける前から、答えはわかっていた。

彼を病院へ連れていけない以上、その事実を確認することで、気持ちがさらに沈んだ。電話の後で、彼の指を切断する道具を買っていく必要がありそうだった。

「放っておけない状態になっても病院に行きたがらないなんて、頑固な友達みたいね。そんなに長い間我慢するなんて、痛みに対する〝許容限界値〟が高いんじゃない？」

「ああ。彼はそういう人だ」

「で、いつこっちに戻ってくるのよ？　会いたいわ」

「すぐだよ」

俺の電話に対する興味はすでに失われていた。彼女との会話を切り上げたかった。

「戻ったら会おう」

「約束してくれる？」

「ああ」

キャッチが入ったことを彼女に伝え、通話をオフにする。

電話の相手は職場の相棒《パートナー》だった。

「やっと出てくれたか。留守電に山ほどメッセージを残しておいたんだぞ」

彼は切り出した。早いピッチで、ほとんど苛烈《かれつ》な口調と言ってもよかった。

「どういうことなのかさっぱりだが、こっちじゃ、この二、三日の間にお前の名前を散々耳にしたぜ？　だが、俺には何も教えてくれない。そのことを、お前に伝えておきたかったんだよ……その、何かあった時のために」

「俺の話をしていたのは、誰なんだ？」

「他の課の連中だよ。昨日は、コナーズが警部補とお前のロッカーを検分してるところに出くわしたぞ。鍵を壊してた。大丈夫なのか？　何であいつらは、お前を嗅ぎ回ってるんだ？」

「わからないよ。とりあえず警告してくれて、助かった」

「ああ、もちろんだ。何か手伝えることがあったら俺に言え、いいな？」

俺は彼に礼を言い、電話を切った。生温くなったコーヒーカップの横に、携帯電話を置く。

入手したばかりの内容の乏しい情報を頭の中で攪拌《かくはん》している間、コーヒーカップを――俺を現実に繋ぎとめる錨《いかり》を――見つめていた。

彼らの捜査が意味するものが、俺にはわかっていた。ジョージは父と俺との関係を暴いたのだ。ロッカーの捜査を開始したとなると、彼はおそらく、俺の過去の行動記録を辿ったはずだ。鑑識のラボから署内メールを発見するのも時間の問題だろう。メールの内容は消滅してしまったにせよ、送信者である友人の名前は送信記録に残っている。

ウェイトレスが近づいてくると、俺の飲み残したコーヒーを無言で片付けた。彼女は新しいカップを持って戻ってくると、入店した四人連れの家族に給仕するため、立ち去った。

自分が当然陥るべきパニックに陥らずにいるという事実の方に、俺はより驚いていた。どこか達観していた部分があり、備えができていたのだ。

そして、この再会《リユニオン》の旅を計画した一ヵ月前に、証拠保管庫から拝借した小瓶こそが、この旅路の果てに待っている俺の現実なのだ。

シアン化ナトリウムが入っている、小さなガラス瓶。それを、俺はずっと持ち歩いていた。自分の命と父の命、どちらを終わりにするためのものなのか、自分自身でもわからずに。拳銃も所持しているが、使うつもりはない。毒の小瓶は、銃がもたらすどんな結末よりも、決定的な最期を約束してくれる。その小瓶は、レンタカーの鍵が掛かったトランク内の、小さな黒い箱の中に鎮座《ちんざ》している。今の今まで、その存在を忘れていた。

いくつかの選択肢について思案しながら、店にやってきた子どもたちが、両親の手でふかふかの冬用コートとマフラーを脱がされる様子を、俺は眺めていた。

俺はジョージに電話した。電話に出た彼に素性を明らかにすると、驚いている様子だった。

「彼はまだ生きてるのか？」

それが、ジョージの最初の質問だった。

「ああ」

「『誰のことだ？』とさえ言わないんだな、おい？」俺の答えに彼はそう返してきた。「つまり、お前は俺が嗅ぎつけたことを、わかっているわけだ」

「見え透いた嘘をついて、あんたを間抜《まぬ》け扱いするつもりはなかったんだ。あんたはうまくやってるよ。最後には、すべてがわかるだろう」

「飲み込みが早くてよかったよ、若いの。こっちへ戻ってこい。すべてはひどい誤解だったんだ。ウリエルは告訴せんだろう。結局のところ、彼はお前さんの――」

「もう遅い」俺は彼を遮る。「俺はただ状況を把握していることを知らせたくて、電話しただけなんだ」

「馬鹿な真似はよせ」彼は強い口調で返してきた。「お前はいい警官だ。うっかり躓いちまっただけだ。今はただ、その諸々のろくでもないことに混乱させられてるんだよ。お前はまともなやつじゃないか。戻ってこい。親父さんを連れ帰ったら、一緒に問題を片付けよう。彼がお前に何をしたにせよ――」

「あんたに理解できるとは思えないな、コナーズ刑事」再び遮って言う。「彼は何も悪くない。実際、俺は彼を愛してる。心から愛してる。それが理由で――」

俺は言葉を呑み込んだ。咽喉が締めつけられる感覚を覚える。平静さを失う前に、会話を終わらせなくてはならない。涙が込み上げてくる前に――眼がちくりとしたのだ――両眼を擦った。公共の場所で、挙動不審になるわけにはいかない。

落ち着きを取り戻すまで黙っていると、再び思考能力を取り戻した。

「俺がどこにいるか特定するため、電波信号を追跡してるんだろう。今は、父と俺が住んでいる場所から遠く離れた町にいるんだ。これからそこを立ち去る」

「ガブリエル！　俺の話を聞け！　お前は警官だぞ？　こんなくだらん真似をして許されると思うか！　お前のキャリアを、将来を考えろ。実の父親を見つけたなんて理由で、すべてを棒に振る気なのか？」

ジョージが電話越しに大声で怒鳴ったために、聞いているこちらの耳が痛くなった。

俺はうすら笑いを浮かべ、彼が出来の悪い交渉人だということを伝えてやりたくなった。

「父がいなければ、俺に将来なんてものはない」そして最後に告げる。「お気遣いをどうも、刑事」

相手が再びがなり立てている最中に、電話を切った。ポケットに携帯電話をしまうと、俺を見ているウェイトレスに気がついた。微笑を返し、財布から十ドル取り出すと、手をつけていないコーヒーカップの傍に置く。

俺が立ち去るのを見届けながら、彼女は何も言わなかった。だが、窓越しに、俺が四駆に乗り込み走り出すまで、じっとを見つめていた。

トランク内の、鍵が掛かった小さな黒い金庫から小瓶を取り出し車中に持ち込む。運転中、ドリンクホルダーの中でカタカタと音を立てて飛び跳ねている小瓶を、俺は放置しておいた。頭の中では、これまでとは違うさまざまなシナリオが展開していた。どれもドラマチックな盛り上がりを見せるのだろう。小屋に戻るための二時間のドライブの間、自分の中のどのアイデアで突き進むべきか決断を下そうとしながらも、俺は比較的落ち着いていた。

ようやく小屋へ戻ってくると、四駆を駐車するために掘った狭くて底の浅いスペースで停車した。

現実の重圧が俺に伸し掛かっていた。もはや幻想も空想も存在しない。父の名前を発見したあの日以来、俺が思い描いてきたような幸福など、そこにはなかった。最初から存在しなかったのだ。

陽はすでに沈み、堆《うずたか》く積もった青白い雪の中に、小屋の黒っぽい輪郭が見えるだけだった。

エンジンを切り、俺は暗闇の中に座っていた。狭い車内には沈黙だけが佇んでいる。俺

は小屋をじっと見つめた。父はまだあの中で生きており、俺を待っている、という心鎮《しず》まる認識があったにもかかわらず、俺は打ちのめされていた。心はどうしようもなく病み、その胸の痛みは衝撃的なほどだった。

「あんたを心から愛してる……」

涙に塗《まみ》れながら、それだけが俺に言えたすべてだった。車内の沈黙は、堪えることのできない啜り泣きと入れ替わった。まもなく、俺は言葉を発することすらできなくなった。ただ、苦悩に苛まれた唸り声だけ。その響きは俺自身をもたじろがせたほどで、胸の痛みは増すばかりだった。

俺は座ったまま泣き続け、耐え難い痛みが俺自身を蝕《むしば》むに任せた。

7

ようやく小屋に戻った時、彼はまだベッドにいた。そこへ残していった時と同じ場所に横たわっていた。ドアから中に踏み込むと、彼は目覚めており、俺を確認するために一瞥《いちべつ》を寄こした。

「何かあったのか」

コートを脱ぎ、椅子の背凭れに掛けたところで、彼がたずねてきた。

「ずいぶんとひどい――」

俺はブーツを脱ぎ、彼の元へ向かい、ベッドの隅に腰を下ろす。

彼はいい方の手で俺の顔に触れた。

「私の心境と同じくらいひどい顔だな。それに冷えてる」

「一緒にベッドに入ってもいいか」

俺は彼に聞いた。

「これまでは一度もたずねなかったぞ」

彼は答えた。

「いいのか？」

小さなうなずきが返ってきたので、彼が横たわるベッドに潜《もぐ》り込む。俺から冷気を吸い取った彼の身体が震えるのを感じたが、そのことで、彼は不満を口にはしなかった。

俺は彼の身体のラインに沿って身体を丸め、ブランケットを二人の上に掛けた。長い間、俺たちは口をきかなかった。

俺が話を切り出すまで、一時間は経過したと思う。

彼に、午前中にわかったことを話し聞かせた。

看護師と交わした会話についても伝えた。相棒からの電話、ジョージ・コナーズ刑事とのやりとり、そしてこの数時間、手元に置いているシアン化ナトリウムのことも。

それは、椅子の背凭れに掛けられたコートのポケットの中、眼と鼻の先にある。

俺が話し終えた後も、彼の中で変化は起きなかったようだ。冷静なままで、たった今、聞かされた事実に動じてはいなかった。

「私をここへ連れてくる前から、こんな結末を迎えることを計画していたんだな」

「そうじゃない」俺は言った。「これはひとつの終わりであっても、すべての終わりじゃない」

「もう終わりだよ」

「怖いのか？」

「二日前から、私には怖いものはない。おかげで、この状況をありのまま受け止めるのが、だいぶ楽になった」

「そうなのか？」

彼は片手を俺の頭に乗せ、頭髪を梳《す》いた。その顔には哀しい微笑みが浮かんでいる。

「私はフィリップに、あいつが二十二になるまで寄り添った。今となっては、私の残りの人生は、お前のものかな」


背の高い透明なグラスに、俺がボトルから水を注いでいる様子を、彼は眺めていた。水の中にシアン化ナトリウムを数滴垂らした時でさえ、彼の態度に変化はなかった。猛毒の液体は水と交じり合った。

準備を進めている間、思いもよらぬ涙が俺の眼の縁から溢れ出てきた。

「数時間の猶予《ゆうよ》がある」

グラスを手に彼の方へ歩み寄り、それを差し出すと、俺は言った。

彼はグラスの中の水を見つめた。無表情のまま。手を伸ばし、両手でグラスを持つ一連の動作の間、彼が震えていたことは事実だ。グラスの中の水は波打っていた。

「これで、お前はついに満たされるわけか？」

彼はたずねた。

俺は自分の濡れた両頬を掌で拭った。

「いいや」

俺は言った。

彼はグラスの水を見下ろした。

「お前は私が今後、他の誰かを愛することができないように、こうやって手を打つわけだからな」

「もし連中が俺たちを発見したら……俺たちはもう二度と一緒にはなれない」

俺は彼に言った。

「あんたが俺から離れて遠くへ行くことに、とても耐えられない」

そして沈黙が、揺るぎない静寂と呼べるものが厳然と横たわった。

俺たちが描き出したふたつと存在しない真円、二人が到達した極致と呼べるものが。

「お前を愛している、ガブリエル」

彼はそっとささやき、液体を飲んだ。グラスを真っ直ぐに戻し、口に含んだ透明な水を一息に嚥下《えんか》した。

俺は啜り泣いていた。彼がグラスを床に置くまで、身体を震わせていた。

「どうしてこんなことになったんだ？」

俺は嗚咽の合間に言った。

彼は溜め息を漏らした。寂しげな微笑みはまだ留まっている。

「私のために、ひとつだけやってくれるか」

彼はたずねた。

俺は顔を上げる。霞んだ視界をクリアにするため、瞬きをしなくてはならなかった。

「指輪を取ってきてくれ」

しばらくの間、俺は言葉を発することができなかった。自分の感情がわからない。だが最後には、うなずいた。

四駆まで戻ると、トランクの工具箱の中を探った。中からレンチとやすりを取り出す。

俺が配水管を取り外すため、流し台の下で喧《やかま》しく作業をしている間さえ、父はベッドに座ったままだった。

パイプを緩め、屈曲《くっきょく》したパーツを取り外すのに、多少の時間を要した。指輪がどこにあるかはわかっていた。

俺が取り外したパーツの底で、それはカラカラと音を立てていた。

中から指輪が転がり出てきた。シルバーリングは俺の掌の上で輝きを放っていた。

俺の中で形を成し始めた嵐を鎮めるため、丸めた指の中に、父の過去の結晶を覆い隠す。父に寄り添うことを許したくない過去。だが最後の瞬間まで——俺に愛している、と初めて言ってくれたその瞬間でさえ、彼は過去を道連れにしようとしている。

俺はハンドタオルで汚れた顔を拭き、何度か深呼吸を繰り返すと、余念を振り払った。彼のもとへ戻ったが、指輪が掌にきつく食い込んでいた。

父はすでに横たわっていた。瞼は閉じられ顔色は青ざめており、俺には彼の呼吸音が聞こえた——浅くて短いストローク。

俺がベッドの端に座ると、彼は瞼を持ち上げた。眼は赤く縁取られ、濡れていた。

「苦しいか？」

俺にそうたずね、彼の顔に手を滑らせた。冷たかった。

「痛みは問題じゃなくなったよ」

微笑みたかったようだが、陶器のような彼の顔に浮かんだのは、苦しみだけだった。

俺は上体を倒し、彼の口唇にキスをした。

「あんたと一緒に行きたい。でも死んだら、俺の中のあんたの思い出をすべて失ってしまう。俺は臆病者だ……」

再び泣き始めた俺を彼は静かに見つめていた。

それから、俺は彼の手にパイプの中から取り出した指輪を押しつけた。彼は拳を作り、指輪を握り締める。

「お前はまだ若い。死ぬことなんか考えるべきじゃない。何があろうと」

彼は俺の左手を取ると、薬指に指輪を滑らせた。指輪はぴったりと嵌《はま》った。

「お前に、正しい人間になって欲しい……わかるな？　父親は、お前の魂《たましい》をこの指輪で買ったんだ」彼は言った。声は波打ち、それでも話を続けようとして引き攣った。「お前を赦す……いつか、お前も私を赦す方法を見つけることを願ってるよ」

言いたいことは山ほどあったが、言葉にはならなかった。俺はそこに座り、彼がついに意識を失うまで、その手を握っていた。

その瞬間は、人生における最悪の記憶となった。

彼の手は、もはや俺の手を握り返すことなく、垂れ下がった。まだ息を引き取ってはいなかったが、その瞬間を迎えつつあった。脈拍は弱く、すでに呼吸は穏やかだった。

俺はともにベッドに横たわり、彼を自分の方へ引き寄せた。しだいに、温もりが彼を見限っていくのが感じられた。

その夜、彼の死を認める瞬間がふと訪れた。俺はまだ彼に寄り添っていたが、彼は旅立ってしまったのだ。だがもう孤独は感じなかった。

数年にわたり、あらゆる異なった局面において、俺は死を目撃してきた。俺が到着した時、ある者はまだ、温かい血が通っている新鮮な肉体を保っていた。またある者は、死んでからしばらく経過しており、腐敗した肉体の残留物に群がる蛆虫《うじ》に遺体を食い荒らされていた。

死そのものに魅《み》せられると感じたことも、魅せられるべきものがある、と考えたこともない。だが、そこには美が存在する。硬直し、凍結した父の肉体の中にも――命のともしびが消えた瞬間のまま横たわる姿にも。

彼は安らかに眠っているように見えた。

俺は小さな丸テーブルに座り、何時間も彼を見つめていた。その間ずっと、彼から与えられた指輪の滑らかな輪郭を、人差し指で擦っていた。何度も繰り返し、そうすれば湧き起こった疑問の答えが見つかるとでもいうように。

新しい疑問だ。

俺はある痛みと別の痛みを交換したが、胸を鷲摑みにするこの新しい痛みは、前よりもさらに苦しいものかどうか、ということを見極め切れずにいた。

あるいは、俺のことなど求めていなかった男、だが人生の最期に、俺を愛するよう強いられた男——彼を見つけ出すことに、意味はあったのだろうか、ということを。

死後硬直が解け始め、父の身体を動かすことが可能になった頃、再び夜が巡ってきた。

彼のために持ってきたズボンとシャツを、彼に着せた。それから、黒いウールのコートに袖を通させた。俺自身は荷造りをしなかった。その必要はなかった。

コートを着ると、父を四駆の助手席に乗せた。彼の頭は片側の肩に凭れかかり、脱力した身体はシートベルトでかろうじて支えられていた。

俺たちが小屋を後にした時には、雪が降っていた。にわか吹雪は強さを増し、ヘッドライトの光に、厚い壁となって白く照らし出された。四駆がようやく舗装されたハイウェイに乗り上げるまで、俺は直感を頼りに、ゆっくりと運転した。それから何マイルも人気のない道路を走行した。町へ向かう車が、おそらく三、四台、反対車線を通り過ぎた。

走り始めてから一時間余り経過した時——もっと長かったかもしれない——俺は彼の手の方へ腕を伸ばした。

薬指が傷ついた彼の左手。冷たかった。

俺はその手を握ると、記憶から引っ張り出した数えるほどの子供時代の思い出を語り始めた。彼がそこにいてくれたら、と願う瞬間ばかりだったが、当時の俺は、父に何かを望むことさえ知らなかった。

「俺に自転車の乗り方を教えてくれたのは、隣に住んでた年上の男の子だった」俺は語りかけた。「彼はいつも、俺を気の毒に思ってくれていたような気がする。五歳しか違わなかったけどな。野球の試合に来て、両親と一緒に外野席で応援してくれた。テッド・カーフィールド」

俺はぎゅっと彼の手を握り締めた。

「高校で女の子を妊娠させて、陸軍に入隊するために中退した。そうすれば家族を養っていけるから。どこにいても、俺に手紙を書いてくれたよ。だけどある日を境に、便りを寄こさなくなった」

涙が頰に滴り落ちるのを感じたが、それを拭うために、父の手を離したくはなかった。

「一年と数ヵ月が経った。彼の家族は変わらず隣に住んでいたけど、何も教えてくれなかったよ。俺は家族じゃなかったから」

俺は言った。

「『テディーは死んだのよ』と、ある日、彼の母親はやっと教えてくれた。テッドに何があったのか、俺が二度目に聞いた時だった。彼女は怒ってるみたいに見えたよ――長い時間をかけてやっと忘れた悲惨な出来事を、俺が思い出させてしまった感じだった。彼女は思い出していた、全部また最初から。だけど……俺にとってはそれが始まりだった。バーでの間抜けな喧嘩でテッドが撃ち殺されてから一年半経って、俺の苦しみはやっと始まったんだ。彼が死に、埋葬されてから一年半後に、俺は初めて彼のために泣いたわけだ」

ステアリングから一瞬手を離し、俺はジャケットの袖で濡れた頬を拭った。

「振り返ってみるとな、テッドは俺が初めて持った〝父親〟だったんだ。あんたにしたみたいな愛し方で、彼を慕っていたわけじゃないが——一緒にいると、自分が必要とされているような気持ちになれた。必要とされるってことがどういうことか、実際には知らない子どもの、単なる幻想だったのかもしれないが」

俺は父の手を持ち上げ、キスを落とした。それからしばらくの間、黙っていた。

「俺のピッチングを見たら、あんたはきっと誇りに思ったよ。なあ、マイナー入りも果たしたんだぜ」

そして、連鎖的に甦ってきた別の思い出を話した。

俺は泣いていたが、それらの思い出は今となっては何か幸せなものだった。俺は記憶の断片を手繰り寄せ、事細かに父に語った。取るに足らない数々の思い出。子どもの頃は意味を持たなかった些細な出来事。だが、俺は幸せを取り戻した。年月が流れた今、心の中で、隣で微笑んでいる父とそれらの記憶を再び追体験している。

俺の髪をくしゃくしゃにしながら、俺がどんなにいい息子かを話し聞かせてくれる父と。

『お前のことを、誇りに思ってるぞ！』

彼がそう言うのを、心の中で聞いた。

肩越しに振り返ると、いつでも、どんな時でも、彼は俺とそこにいたのだ。今となって

はすべてを思い出せる。いかなる時も、俺の傍にいてくれた彼のことを。

どうやって街まで運転して戻ってきたのか、ほとんど覚えていない。無感覚に陥っていた。街に帰ってきたことを自覚したのは、車でアパートに到着し、〈エステーツ〉の門の前で足留めされて我に返った時だった。閉まっている門をぼうっと凝視しているうちに、ようやくどこにいるか理解した。

早朝、夜は明けたばかりだった。

一足早く通勤準備を始めた集合住宅の住人たちは、凍結した車窓の氷をせっせと削っていた。

俺は自分のアパートに戻った。

肉体は習慣を踏襲《とうしゅう》するように動いているに過ぎなかった。心は空っぽで、長時間の運転と疲労によって、半ば盲人のようだった。

プログラムによって命令されたかのように、俺は寝室の窓から父のアパートを見た。

以前と何も変わらないように見えた。居間のカウチは、同じ角度に寸分違《たが》わず配置してある。カーテンが脇に寄せられた広々とした窓越しに、俺がいつも見ていた光景が広がっていた。

その場に立ち尽くしたまま見つめていると、ちょうど太陽が昇った。眼下の駐車場に、父の高級車が駐まっているのが見える——一週間前、彼が駐車した場所に。

顔を背けようとした時だ。父のアパートの仄暗い居間を横切る人影を目撃した。

俺は前のめりになり、疲れ切った眼を凝らして見つめた。

ほどなくして、同じ人影がキッチンから現れ、再び居間を横切って寝室に向かった。

俺はすでに、半狂乱になりかけていた。

階段を駆け降り、父のアパートを目指した。死んだ父を埋葬したのは、ほんの数時間前のことだ——凍った大地を掘った際に、シャベルを握る手に負った挫創《ざそう》はまだ痛みを訴えていた。

そんなことは、どうだっていい。きっと——俺は自分自身に言い聞かせた——小さな望みに賭けた——この一週間の出来事はすべて嘘だったのだろう。恐ろしい悪夢でしかなく、父は死んでいなかったのだ……。

ドアを殴打する。鍵を持っていることはすっかり失念していた。俺は短気を起こし、ドアを蹴飛ばした。踊り場を挟んで隣に住んでいる女性が、ドアを細く開けてこちらを覗《のぞ》き見た。髪にカーラーを巻いた黄色いバスローブ姿の女で、「何時だと思ってるのよ?」と言った後、返事も聞かずにぴしゃりとドアを閉めた。

ドアが開いた。

眼の前に立っている男は怒っている様子で、迷惑そうだった。

父に似ていたが、彼ではなかった。

「何なんだよ、あんた」

俺はたずねる男を突き飛ばし、アパートの中に駆け込んだ。

「おい！」

男を無視して寝室に向かう。整えられたベッドがあるだけで、彼の姿はない。バスルームへ飛び込む。予備の寝室に入ると、眠った形跡のある乱れたベッドがあった。

その刹那《せつな》、ありとあらゆる現実が津波のように押し寄せ、俺を押し潰した。

ほとんど力が抜けた両足で、その場に膝をついた。

「親父を連れ去ったのは、お前だな」

その男……父のもう一人の息子が、俺の正面に立っていた。携帯電話を片手に持っている。

「ああ」

俺は彼に言った。

「なぜだ！」

俺は自分の手を見下ろし、シルバーリングに見入った。

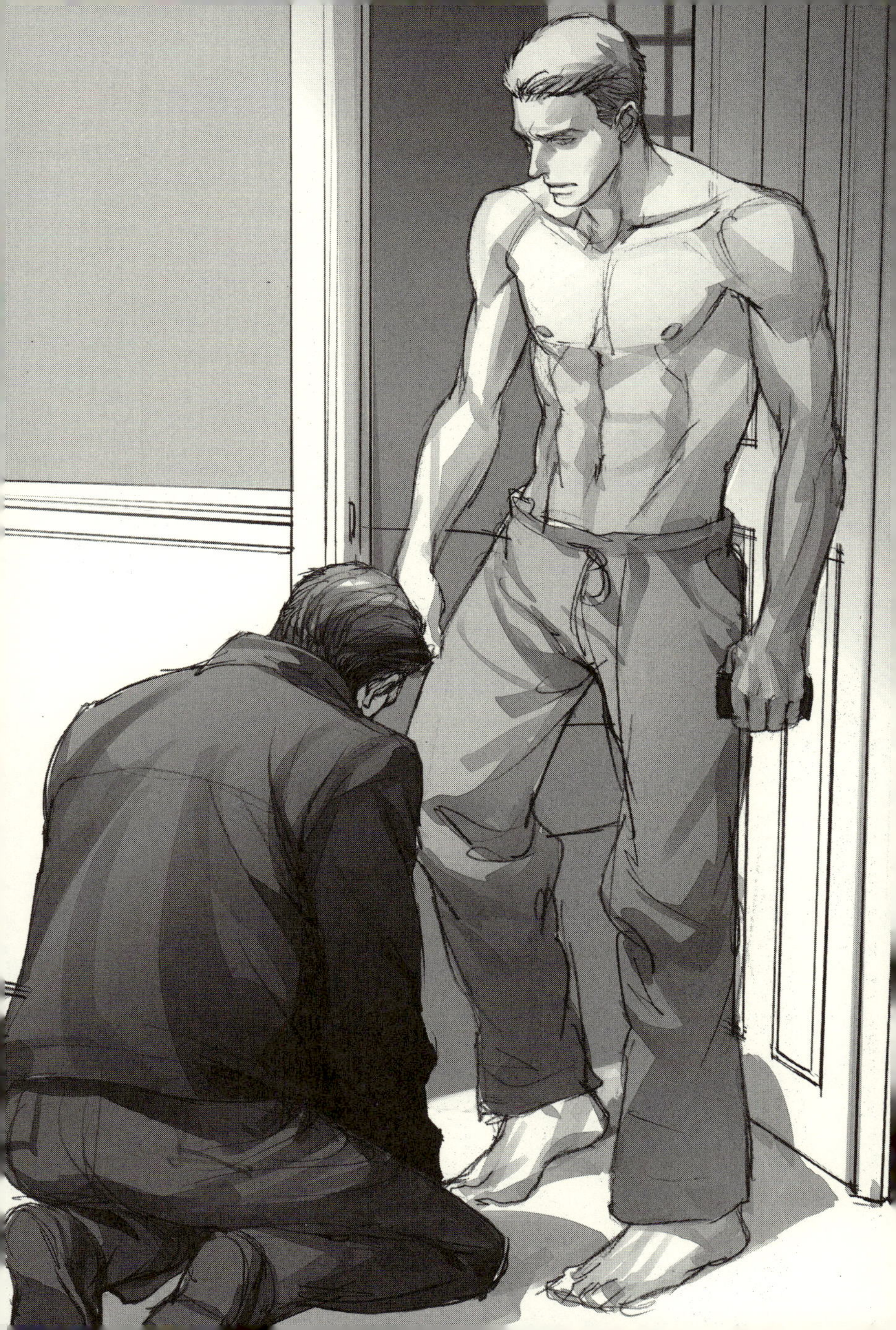

「ただ、父さんの息子になりたかったんだ」

POSTSCRIPT

十日後——

「あんたは、あいつの公判を差し止めた精神科医だな」

浅野《あさの》克哉《かつや》が自己紹介を済ませ、握手の手を差し伸べるとすぐに、フィリップ・ブラックストーンは言った。

その手が儀礼的に握り返され、上下に振られるまでに、わずかな躊躇いが生じた。

「ええ、公判前審理で精神鑑定を要求した医師の一人です」

克哉は、小さな机の下からすでに引いた状態で置かれている椅子を勧めた。机の隅にはボルトでランプが固定されている。机は、ガブリエルが拘禁されている部屋を観察するための窓と対面していた。

医療現場で用いられるような台車付ベッドで、彼は眠っている。ベッド側面の鉄柵に繋がれたネオプレン製の手錠で手首を縛《いまし》められ、シーツの中に押し込まれている。

ここは、自殺防止のための監視部屋だ。

フィリップは窓に歩み寄り、至近距離からガブリエルを見た。片頬に挫創が、下唇に裂傷がある顔を観察する。

顔色は悪く、皮膚の青白い部分は、ほとんど灰色がかって見える。左腕の屈曲部分に挿入された点滴の針はテープで留められており、前腕と上腕には包帯が巻かれている。

「一週間前に、暴力発作が始まるのを目撃したでしょう」

フィリップの傍に歩み寄り、克哉は言った。

「指輪が彼の指からもぎ取られた時に」

「あいつが持っているべきじゃなかった」

窓の向こうにいる男を射《い》るような眼差《まなざ》しで見つめながら、フィリップは言った。

テレビで盛んに取り上げられた制服姿の警官の写真とは、似ても似つかない男の変わり果てた姿を、彼は観察していた。

精神の均衡《きんこう》は崩れた。残されたのは、ベッドに縛りつけられた生ける屍《しかばね》のみだ。

「わかっています。だが、これはもはや指輪の所有権がどうのという話ではない」

フィリップは踵《きびす》を返すと、先刻、克哉が示した椅子に歩み寄った。

彼は座った。ガブリエルは、まだ視野の端にいる。

「俺はただ、親父を見つけたいだけだ。やつを刑務所へ送りたい。テレビや新聞には放っておいて欲しい」

「父親殺しは、センセーショナルなニュースです」

克哉は机の反対側に、フィリップと向かい合う形で腰掛けながら言った。

「父親殺しに及んだのが警官なら、トップニュースだ」

「親父に関して、醜《みにく》い作り話をでっち上げてるクズどもがいる」

克哉はうなずくにとどめた。

フィリップは両手を机に乗せ、指を組んだ。

「親父は正しい生き方をしてきた、いい人間だった。過去に間違いを犯したからって、殺されるなんて不当すぎる」

「ガブリエルは〝間違い〟じゃない」

克哉は言った。

「我々が発見した事件の物的証拠の中の、小屋から見つかった出生証明書と親子鑑定によって、あなたの父親のウリエルはガブリエルのことを知ったはずです」

「だからって何も変わらない」

「すべてが変わってきます」

肩越しにガブリエルを見ながら、克哉は続けた。

「ウリエルの身に起こった事件は、人生の全てを失ったと絶望していた男がやっと見つけた過去との絆を切望した結果、起きました。出生証明書は、彼とウリエルの生物学的な繋がりを証明している——それはたとえウリエルが彼を拒絶しようとも、否定しようのない事実だったのです。ガブリエルは二十三年間のすべてを擲《なげう》った……二十四年間の人生を。ガブリエルの誕生日は四日前でしたね」

「つまり、そのためにあいつは父を殺したと？」

「ウリエルが彼を拒んだとは思いません。もし拒んでいたら、証明書を見せられただろう最初の夜に殺されていたでしょう。ガブリエルは今でもまだお父さんを愛しています。ウリエルを殺したことで、彼はいつも父親と一緒にいられるのです」

沈黙があった。フィリップが何も言わなかったので、克哉は続けた。

「あなたのお兄さんは精神を病んでいます」

「やつは俺の兄じゃない」

フィリップは素早く言った。怒りが燃え上がり、気色《けしき》ばむ。

「あなたは彼を認めたくないでしょうが、お父さんと繋がりがある彼は、当然あなたとも繋がりがあります。そして彼は、あなたのお父さんを家に連れ帰ることができる、たった一人の人物です」

きつく拳を握り締めたために、フィリップの両腕は震えた。

彼を落ち着かせるため、しばらく克哉はその拳を包むように手を乗せた。

「なぜだ？」

フィリップは叫んだ。涙が迫り上がってきた。辛抱強く耐えた日々において、彼が涙を溢れさせたのは、これが初めてだった。父親はおそらく死んでいる、と知らされた時でさえ、彼は平静を保った。

だがこの瞬間、気持ちの糸が切れたのだ。

フィリップの激昂《げっこう》とは対照的に、克哉は物柔らかに話した。

「彼は指輪を必要としています。もしあなたが、お父さんの形見となったあの指輪以上のものを手に入れたいなら、彼に指輪を与えるんです。彼が落ち着きを取り戻さないうちは、私は彼との対話を始められません」

「やつは俺から親父を奪ったんだぞ！　俺の親父だ。で？　あんたは俺に唯一残されたものまで差し出せっていうのか？　親父を殺した、あのいかれた野郎に？」

フィリップは椅子を弾き飛ばし、おもむろに立ち上がった。

ポケットの中からシルバーリングを取り出すと、机の表面に叩きつけるように置く。

「三年前に母を亡くし、今度は父親だ！　なぜあんなやつを庇《かば》う！」

「フィリップ」

克哉の声音は、ささやきのレベルまで絞られた。

「ガブリエルは病気だ。彼には、あなたや私のように状況を理解する能力がないんです。だが、彼はウリエルがどこにいるか知っている唯一の人物だ」

フィリップは濡れた眼を袖で拭いながら、深く息を吸い込み口の中で悪態をついた。

「この指輪が持つ意味は、あなたと彼にとってそれぞれに違います。あなたは、あなたのことを無条件に愛してくれた父親と、素晴らしい二十二年間を過ごした。しかしウリエルとほんの数日間過ごしただけのガブリエルにとって、この指輪は、愛されたいと望むことしかできなかった父親と過ごした〝年月〟に匹敵するものなんです」

「どうだっていい！」

「よくないはずだ」克哉は言った。「ガブリエルは数週間のうちに死に至る。おそらく、遠からず――この状態が長引けば。指輪を外されて以来、食べ物も飲み物も口にしていない。ますます暴力的になっているので、鎮静剤を与えて強制的に栄養剤を静脈注射しなくてはならないんです。こんな節食状態でも予想されていたより長く生きられているのは、もともと健康で若かったからです。だが、体調は急速に悪化している。彼の心は、あなたと同じように荒廃《こうはい》しています」

フィリップは、両手に顔を埋めて啜り泣きを漏らし始めた。

克哉は自分の椅子を引き立ち上がる。机を迂回《うかい》し、フィリップを腕の中に引き寄せた。

「ちくしょう……親父が恋しくてたまらない……」

克哉はすでに歪んでいた表情をさらに強張らせた。フィリップがようやく自分から離れ、距離を置くまで、彼は年下の男を腕の中に受け入れていた。

掌で濡れた頰を拭ったフィリップは、克哉に謝罪の言葉を伝えると、倒れた椅子を起こし、座り直した。

「この指輪で、あいつはまともになるのか?」

フィリップの声は小さく震えていた。

「従来通りの意味では、ガブリエルが治るとは思えません。このレベルまで変調を来《きた》していると、現実と折り合いをつけられるようになるだけで精一杯です」

克哉は自分の椅子に戻りながら続ける。

「おそらく、彼はこのような施設の外では生きられないでしょう。我々に望めるのは、彼がウリエルと持った最後の接点を復元し、彼の恐怖を取り除いてやることだけです。特に、誰かにウリエルの居場所を話してしまったら、ウリエルはもう自分の父親でなくなってしまう、という思い込みの部分を。ウリエルはあなたの父親であり、また別の人々にとっては友人であり、あなたの祖父母にとっては息子です。狂気の中でさえ、ウリエルと過ごした数日間は、あなたの思い出や、他の人々がウリエルと共有した人生とは比較できないことを、ガブリエルは理解しています」

奇妙な沈黙が流れた。フィリップは再び涙が込み上げてきた眼を擦り、天井を見つめる。

克哉は辛抱強く待った。

「彼がウリエルを諦めるとは約束できません。ですが、この指輪をお父さんとの最後の結びつきとしてあなたが所有する心積もりなら、この件はこれで終わりだと断言できます」

「指輪を持っていけ」

フィリップはそう言い、克哉を振り返った。口調は冷静だった。

「やつは、俺よりも必要としてるんだろう」

克哉の方へ滑らせる前に、彼の指先はもう一度だけ、指輪を撫でた。

「あんたはやつに、俺たちは両方とも親父を亡くしたんだってことを、理解させてくれるか。俺たちが同じ痛みを共有してるんだってことを。あいつに、〝俺たちの〟父親を俺が心から恋しがってるってことを伝えてくれ」

「わかりました」克哉はうなずいた。「あなたの行動は正しい。お父さんも、あなたの強さを誇りに思っているでしょうね」

「クソ野郎で通すこともできるんだぜ。それでも親父は俺を誇りに思ってくれたさ」

フィリップの口元に、微笑が浮かんだ。

「親父はあいつを赦していたと思う」

「私もそう思います」

タイル張りの床を擦った椅子の音が小さな部屋に反響するまで、再び沈黙が訪れた。

フィリップはランプの傍のティッシュボックスから数枚引き抜き、顔と眼の端を拭いた。

「海兵隊員が、こんなふうに泣いてる姿を見られるわけにはいかないな」

彼の言葉に克哉は立ち上がり、微笑んだ。

「海兵隊員でも、人間らしい弱さなら、ほんの少しぐらい赦されるはずですよ」

フィリップは克哉に微笑み返すと、うなずいた。彼はティッシュを丸めると、コートのポケットに押し込んだ。

「どんなに時間がかかっても待つつもりだ……親父のために、今後一生待たなけりゃならないとしても——ガブリエルをよろしく」

「いつか、彼に会いに来ますか？」

フィリップは再び窓の向こうへ眼を向けてから、顔を元の位置に戻し、床を見下ろした。

「俺には親父から譲《ゆず》り受けなかった長所があってね」

握手を交わした克哉の手を離す前に、彼はもう一度強く握り直した。

「いつか……あいつを赦せる日が来たら、戻ってきて会うよ」

「赦すも赦さないも、あなたの自由です。だが、怒りにしがみついているうちは、心の傷は癒えませんせん」

フィリップは温かく微笑んだ。

「そうかもな」彼は溜め息を漏らした。「心がすっかり麻痺《まひ》しちまってるんだ。とにかく何かを感じていたいんだよ。痛みであれ、怒りであれ……ありがとう、ドクター・アサノ」

窓の方へ一瞥を投げかけると、克哉にもうひとつうなずいてみせ、彼はもう振り返ることなく部屋を出ていった。


克哉はベッドサイドに置かれた椅子に腰を下ろした。そこに座り、警察から受け取ったマニラフォルダーに束ねられた分厚い書類を静かに読み返していた。小屋の内部を撮った数枚のカラー写真が含まれている。撮影したのは、ドアの電子ロック解錠に手を焼いた初動捜査の担当班だった。生きているにせよ、死んでいるにせよ、ウリエルをそこで発見できるという希望はあった。だが、克哉が予測していた通り、彼は見つからなかった。

初動捜査の翌日、克哉は小屋を訪れた。殺人捜査課の刑事の〝日本〟に関する質問に悩まされながら、現場を案内された。

「どう見ても、あなた方は現場を台無しにしましたね」

白いチョークで描かれた円や×印を跨ぎながら、克哉は意見した。

鑑識が使ったゴム手袋が置き忘れられていた。ドア枠と冷蔵庫の扉には、黒い粉末が付着している。

小屋に出入りしたのは二人の男だけだという明白な事実がある中、なぜ、指紋や足跡を採取する必要があったのか——その疑問を、克哉は口に出さないことにした。警察というのは、あれこれと何もかも収集したがるものなのだ。

「他にも事件があって慌ててたんでしょう」

ベラニー刑事は、その物腰や外見にふさわしい強烈なブロンクス訛《なま》りで言った。まだ正午を過ぎたばかりなのに、すでに顔を出し始めた顎ひげを掻いている。

「いつもは、そんなにひどくないっすよ」

無意味な論争を避けるためだけに、克哉はその言葉に同意しておいた。ベラニーからは、鑑識の現場処理はすでに済んだと告げられていたが、床に描かれたチョークの印を損なわないよう、注意深く慎重に歩いた。この検証が済んだ後、小屋は封鎖され、証拠として保全されることになっていた。

「その若造のことは知らなかったな」

ベラニーは、小さな丸テーブルから伸びる鎖を持ち上げた。彼が再び手放した鎖は、床の上でどしゃっと音を立てた。

「女にモテたって聞きましたよ。よその課にはいつだって、彼に飛びかかろうと待ち構えてる女たちがいたってね。まさか、男相手にこんなＳＭごっこをやる趣味があったとは思いもしなかったでしょうね。ま、この手の趣味がある連中に、別に文句を言うつもりはないが……」

「何でも頭から決めてかかったり、あらぬ噂を広めるもんじゃありませんよ、ベラニー刑事」

狭いバスルームを検分しながら、克哉は続ける。

「私たちは性犯罪を捜査してるわけじゃない」

不適切な発言をしたベラニーが、ばつの悪い思いをしながら赤面したかどうか、振り返って確認することまではしなかった。

「外で待っています」

ベラニーはそう言い、ようやく咳払いとともに去った。

克哉は気に留めなかった。彼の関心は、小屋の細部を観察することに向けられたままだった。

流し台の下に置かれてた取り外された配管。数着の衣類が部屋の片隅に残されている。冷蔵庫の上には、開けっぱなしの救急箱が、ほとんど空っぽの中身を晒した状態で、箱の側面を下にして置いてあった。シングルコイルの電気コンロの上には料理油を少量引かれたフライパンが、乗せてある。

まるでここにいた人物は、それまでの作業を突然中断し、何もかも放り出す選択を迫られて立ち去ったように見える。

克哉はベッドの方へ歩いていった。点々と血のしみが付着している皺だらけのシーツは、マットレスから剝がされて丸めてあった。マットレスには赤黒い血痕が残っている。争ったものの、深刻な外傷を負うには至らなかった、という状況を示唆するには十分だった。壁に埋め込まれたリング型ボルトに取りつけられた、短い鎖に触れる。それはベッドのヘッドボードの上部から垂れ下がっていた。

監禁の生々しい実態に、戦慄《せんりつ》を覚える。

「なぜこんなことになったんだ？」

克哉はつぶやいた。ベッドの片隅に座り、視界を端から端へゆっくりと移動させる。ドアは大きく開け放たれ、雪に反射し、いっそう明るく輝いている日差しが小屋に差し込む。暗闇がこの狭い空間を蝕んでいた頃のおぞましさも隔絶されている感じもなかった。

「帰る準備ができたら言ってください」

不意に、小屋の中へ身を乗り出してきたベラニーがそう言った。彼は火をつけた煙草を後ろ手に持っていたが、臭いはふわりと漂ってくる。

「ベラニー刑事、ドアを閉めてくれますか？」

「何だって？」

「ドアを閉め、少しの間、私を一人にしてください」

克哉はそう言うと、相手の警戒を解くことができると自負している微笑を差し向けた。

「彼らがここで見たものを、この眼で見たいんですよ」

刑事は顎を掻きながらうなずいた。

ドアはゆっくりと閉じられた。小屋から光が這い出ていくと、克哉に見えるものは、バスルームの窓から差し込む光によって浮き彫りになった、家具の輪郭だけになる。

座っている彼の前に、ガブリエルを呑み込んでいったであろう狂気が、徐々に浮かび上がってきた。

二十四年間かけて培《つちか》われ、ほんの数日間で破綻《はたん》したある狂気――引き金を引いたのは、彼の人生全般を通して失われていた男への愛だった。克哉がざっと考察したところ、ガブリエルが父親の素性を知ることがなければ、その引き金が引かれることはなかった。

二人の男以外は存在しないこの小さな〝孤島〟で、たった数日のうちに、彼らを蝕んだ痛みと、怒り、愛、そして憎しみを、その瞬間で克哉は理解することができた。


監視部屋で克哉は写真を凝視していた。

そこには、彼が小屋に到着した時にはすでに持ち去られていた、いくつかの道具が写っている。部屋の片隅に置かれていた、二人の衣類が詰め込まれたスーツケース。ベッドの下に転がったグラス。散乱した書類。そのうちの何枚かは複写され、彼がすでに眼を通した書類のフォルダーに挟まれている。

眼の前にあるベッドの上で起こった緩慢な動作に、克哉は顔を上げた。

フォルダーを閉じ、椅子の下に置く。ガブリエルの眼が見開かれるのを、彼は辛抱強く、ひたむきに観察していた。

眼は半分だけ開かれた。克哉の存在に気を配り、彼の方を向いてはいるものの、まだ薬の作用で朦朧《もうろう》としているようだ。

「気分はどうです？」

ガブリエルは答える代わりに、自分の腕に取りつけられている点滴のチューブを見下ろした。薬液バッグの中身は、まだ半分残っている。

「あなたが自分で食事を摂《と》るなら、その点滴とカテーテルを外させると約束します」

ガブリエルは、克哉が何か理解できないことを言ったかのように、彼を見た。

「それから、もし私の頼みを聞いてくれたら、指輪は、またあなたのものになると保証します」

克哉はポケットからシルバーリングを取り出すと、ガブリエルに見える位置に掲げた。

ガブリエルの眼の奥に、再び命の火が灯り、広がっていった。

克哉が彼の指に指輪を嵌めるやいなや、涙が溢れ出てきた。

「看護師に世話をさせて、彼らが運んできたものをちゃんと食べるなら、もう誰もこの指輪をあなたから取り上げない。約束します。それから、反抗しないうちは誰もあなたを縛りつけないことも」

ガブリエルはうなずいた。啜り泣きが——言葉にならない代わりに発せられる音が漏れる。

克哉は彼に微笑みかけ、壁に設置されたナースコールのボタンを押した。

「午後に、また会いに来ます」そう言うと、書類を拾うために屈んだ。「後で話しましょう」

その場を後にした克哉が再び戻ってきたのは、わずか四時間後だった。

ガブリエルは別室に移送されていたが、そこはまだ収容棟の同じ区画内だった。

新しい部屋では、前ほど干渉されることはなかった。ミラーガラスのある観察部屋は併設しておらず、ベッドには拘束ベルトも手錠もなかった。部屋の一隅の天井際には監視カメラが設置されていたが、それが音声を拾っていないことを、克哉は知っていた。

四時間のうちに、変化が生じていた。

ガブリエルは入浴を済ませ、身形《みなり》を整え、顔色も回復していた。挫創と唇の裂傷――怒りを爆発させた時に、施設のスタッフと取っ組み合った際にできたもの――は、こざっぱりした彼の顔の上では、一層見るにたえないものとなっている。

「ありがとう」

ガブリエルは言った。乾いた声によるささやきだった。ベッドの横のサイドテーブルには、水が半分入っているコップが置かれていたが、彼は飲まなかった。

「俺にこれを返すために、あんたが〝彼〟と話さなくちゃならなかったことは知ってる」

「彼はあなたの弟でもあります」克哉は言った。「ウリエルが、あなたの父親である以上は」

ガブリエルは自分の指に嵌っている指輪を見下ろす。

「あんたは、あいつのために父さんを諦めるよう、俺を説得しに来たのか？」

「いいえ」

ベッドサイドに椅子を引っ張っていきながら、克哉はそう答える。そして彼は椅子に座り足を組んだ。

「準備ができたら、話してください。あなたがお父さんとどのように会ったか聞きたい」

ガブリエルが下口唇を窄めて吸うと、彼の歯は危うく裂傷に食い込みかけた。

しばらくの間、聞こえていたのは、ドアの前を通り過ぎる足音、そして時折廊下に響き渡る、誰かを呼び出す院内放送のアナウンスだけだった。

克哉は気長に待った。

ようやく、ガブリエルが顔を上げた。

そして、彼は話しはじめる。

「あれは、一通の手紙から始まった……」

終

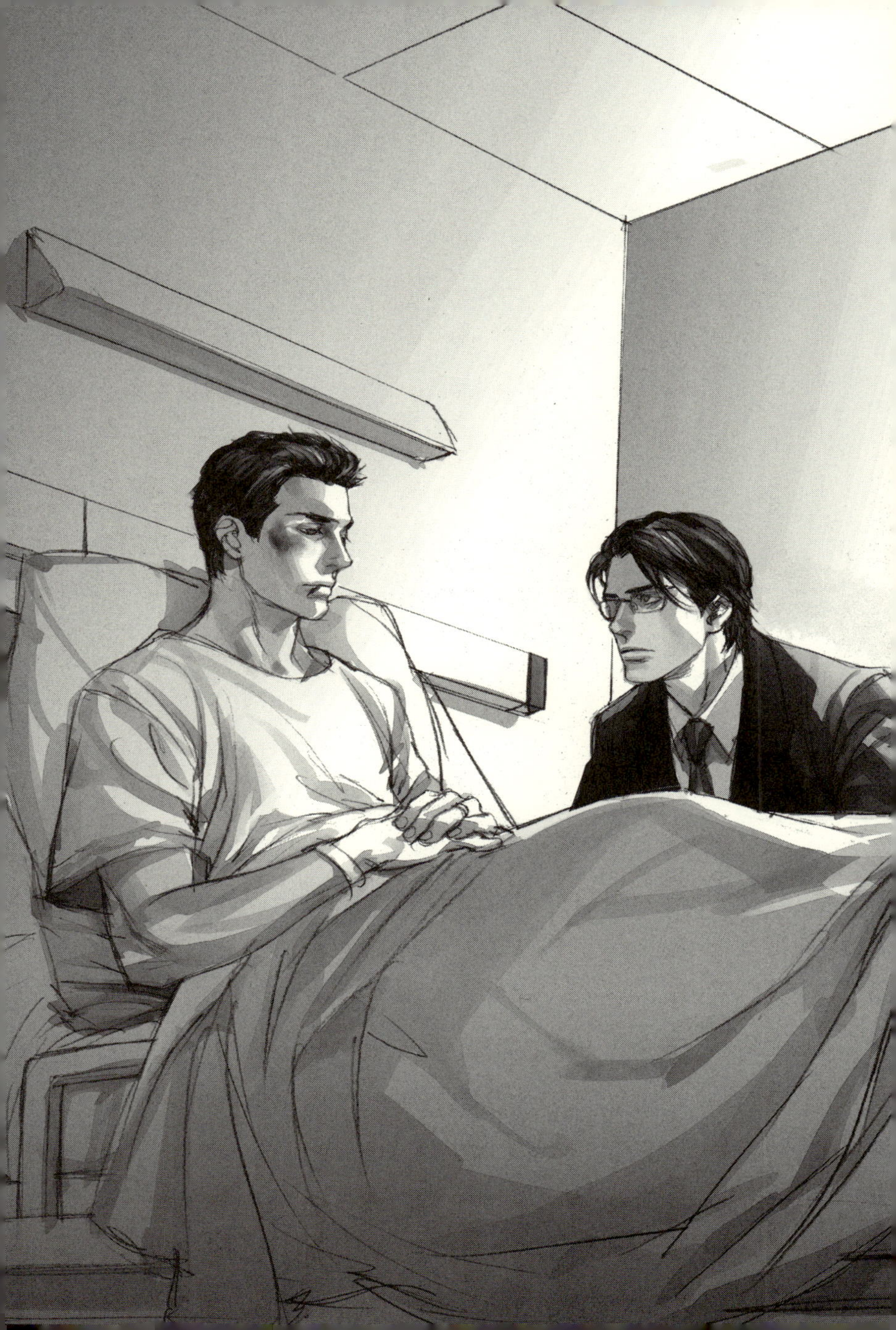

Between the Devil
and
the Deep Blue Sea

着古したデニムパンツに、ありふれた黒のTシャツというカジュアルな装いにもかかわらず、彼は人々の視線を集めていた。

厚い胸板がコットンシャツを押し広げており、短く詰めた袖に締めつけられている上腕二頭筋はさも窮屈《きゅうくつ》そうだ。ブロンドの短髪が、顔の輪郭《りんかく》を形作っている。

石造りのベンチに腰掛け、濃い色のサングラス越しに携帯電話を覗《のぞ》き込んでいる彼は、通り過ぎる学生たちが注ぐ視線に気づいていないか、あるいは、そんなことにはまったく無頓着な様子だった。

中には肝《きも》の据わった女子学生もおり、友人たちにけしかけられて、片言の英語で話しかけるために近づいてきた。彼は誠意に満ちた笑みを返すと、かなりクセのある日本語で、人を待っていることを伝えた。

実際、彼は待っていた——およそ一時間前から。

さらに三十分が経過すると、また新たな学生の集団と数名の教員が大学の構内から出てきた。彼は携帯電話を閉じ、顔を上げた。きちんとしたスーツに身を包んだ、黒っぽい髪の男たちを再び熱心に観察する。人ごみの中から、一人の人物を見つけ出すために。

その人物がついに建物から現れた時には、二時間が経過していた。

自然と顔がほころぶ。

浅野《あさの》克哉《かつや》は、彼の最後の記憶と照らし合わせても、ほとんど変わっていなかった。スリーピースのスーツを着用している男性と話している顔には、生真面目な表情が浮かんでいる。片手には黒い革の鞄《かばん》を提げ持ち、いつものように文句のつけようのない洗練された装いだった。

彼は立ち上がった。真っ直ぐに伸ばした両足に覚えた鈍い痺れを無視して。携帯電話をポケットにしまい、男女の人ごみの中を突き進んだ。

克哉が会話を中断して振り返ると、彼は数メートルの距離まで迫っていたので、驚いた克哉が同伴者に断りを入れるまで間が生じてしまった。

「あんたを見つけ出す他の方法が思い浮かばなくてね」

彼は言った。差し出されたその手を克哉は取る。二人は短い握手を交わした。

「いいんですよ」克哉は英語で返した。「ただ、突然だったもので」

彼は微笑み、うなずいた。

「ちょっと時間をくれるか？」

克哉も微笑み返した。

「もちろんですよ、フィリップ」

「元気そうだな」

飲み物の注文を取ったウェイトレスが立ち去るとすぐに、フィリップ・ブラックストーンは言った。

二人は数ブロック先のカフェまで歩いてきた。店内は大学生たちでごった返していた。彼らの多くは肩越しに、あまり遠慮がちとは言えない様子で二人を見てきたが、克哉は落ち着き払っていた。

腕時計をちらりと見ると、警察からの協力要請に応じて警視庁へ出向くまで、あと二十分しかないことがわかった。時間もなければ、他の方法を取りようもない。だが、フィリップとの再会は喜ばしいものだった。この若者は今日までの日々を無事やり過ごしてきたのだ。あれから四年が経過した。

「あなたも」

会話の内容が周囲に漏れることを最小限にとどめるため、克哉は英語で会話を続けるつもりで話し始めた。

「他のどこでもなく、ここであなたに会うことを予想していなかった、と言わざるを得ないな」

「日本へ来て一ヵ月半になる」フィリップは言った。「ここから北にある基地に配属になったんだ。あんたにもう一度会うか、腹を括《くく》るのに少し時間がかかった。病院を後にしたあの日以来、あんたのことをよく考えていたけどな。見つけ出すのに手間取りもした。一番有力だった手掛かりは、ニューヨークの検事がくれた情報。あんたはここの大学で非常勤講師として働いているって。だがスケジュールがわからなかったし、どうやって情報を入手すればいいかもわからなかったもんで……」

飲み物が運ばれてきた。シロップとクリームが入ったセラミックの容れ物とともに、二人の前にアイスコーヒーが置かれた。

「大学の外で、私を毎日待っていたのでなければいいんですが」

克哉ははっきりと表情を曇らせる。

「オフの日だけだ」ブラックコーヒーに容器が空になるまでシロップを注ぐと、フィリップは言った。「待っていれば、いずれあんたを捉《つか》まえられるだろうと思って」

克哉が顰《しか》め面のままでいると、フィリップは神経質そうな笑いを発した。

「たいしたことじゃない！　せいぜい四回ぐらいだ。そんなに長くは待たなかったよ、本当だ！」

克哉の顔が元に戻るまでさらに数秒間の沈黙が流れ、それから、彼はやっとストローでブラックコーヒーを吸い上げた。

「俺の兄貴のケースをあんたから引き継いだ精神科医と、連絡を取り合ったか？」

熱を帯びていたフィリップの口調は冷め、元に戻っていた。

「いや。一度、私の手を離れて他へ移ったケースに携わる権限は失われてしまうので。患者と医師の守秘義務によってもう関われなくなるんですよ、申し訳ないが」

二人は沈黙した。店内はどのテーブルも満席で騒々しく、活発に交流する若い男女の喧《やかま》しさは、克哉とフィリップとは奇妙な好対照をなしている。

「たぶん俺は……」

アイスコーヒーを見下ろしながら、フィリップは言い淀む。

「あいつに会いたいんだ」

「何のために？」

それは純然たる疑問だった。たずねながら、克哉は思慮深く彼を見つめた。

フィリップは、親指の腹でグラスに付着した水滴を拭った。

「あいつがどうやって親父を殺したのか知りたい。親父が苦しんだのか、それとも一瞬だったのか。死ぬ間際に俺のことを考えたのかどうか。何であいつが、あんな真似をしたのか知りたいわけじゃない。理由はわかってる。俺はそれ以外のことを知りたいんだ……そうすれば、少しは親父に近づける気がして」

「今日までに、あなた自身の心の慰めになるようなものを、見つけることはできましたか？」

フィリップは肩を竦《すく》めた。

「まだ辛い思いを？」

克哉は、違う言葉に置き換えてたずねた。

フィリップが顔を上げると、その眼はわずかに濡れ光っていた。だが、彼は何とか笑顔を引き出した。口唇の両端は引き結ばれている。

「いつもだ、親父のことを想うたび。そして毎日、親父のことを想ってる。だが、あれから四年だ……こんな気持ちになるのを終わらせたい。もう親父のことを、こんな痛みを感じながら思い出すことをやめたいんだ」

克哉はうなずいた。

「俺の頭を撫でながら、どんな問題にせよ一番辛いのは問題を抱えていることを認めることだ、とでも言ってくれるんじゃないのか？」

フィリップはそう言いながら、コーヒーにミルクをすべて注ぎ、黒い液体を淡い色合いに変えた。

「一般の人々は私が日常業務としてやっていることに顔を顰めます。ですが、私はあなたが今よりよくなろうと努力していることが嬉しいですよ」

「正直なところ……」

ストローでアイスコーヒーを掻き混ぜながら、フィリップは言葉を繋ぐ。氷が小さな音を立てた。

「あんたに助けて欲しいんだ」

「と言うと？」

「セラピー代がいくらになるのか、給料でカバーできるのかわからないが、でも……」

間が空いた。フィリップが続ける前に、克哉の電話が鳴った。眉間に皺《しわ》が寄ったところを見ると、彼には電話の相手が誰なのかわかっているようだ。

「一ブロック先のカフェにいます。ええ、〈Au Courant《アウ・コラント》〉……あと十分だけ時間をください」

通話をオフにし携帯電話を折りたたんだ時、彼の表情は変わっていなかった。

「仕事？」

克哉はうなずいた。

「そのようです。この話の続きは、今度また、あなたの時間が取れる時にどうですか。ちゃんとスケジュールを空けておきますよ」

「そうしよう。こんな時期になってから何の予告もなしに現れて、申し訳なかったな」

フィリップは恐縮した様子でそう答えた。

「あなたに会えてよかった。できる限りのことをさせていただけるなら、この上ない喜びですよ」

克哉の言葉にフィリップの顔はぱっと明るくなった。彼は椅子から垂直に立ち上がる。

「本当か？」

「あの事件は、ずっと心に引っかかっていました。インターンとしての研修期間を終えたばかりで、私にとって初めて割り当てられた仕事だった。ずっと考えていました……決着をつけるチャンスに恵まれなかったので。他の人に託したことに罪悪感を覚えていた。もし私が協力することで、あなたが気持ちに一区切りつけることができるなら、完璧にとまではいかなくても——私の罪悪感を軽減することにも繋がります」

「そんなふうに感じるべきじゃない、先生……つまりだな、俺はあの時、あんたが言わなけりゃいけなかったことを、まともに聞こうとしなかった」

「あなたは二十二歳の若者らしく振る舞っただけですよ。また私を見つけてくれて、よかった」

「で、支払いに関してだが……」

フィリップが話を戻そうとした時、克哉の携帯電話が再び鳴った。

今回は通話に出なかった。そうする代わりに、彼は右手にある窓の方を向いた。

フィリップは彼の視線の行方を追った。その視線は、アイドリングしている車に寄りか

かって立つ不機嫌そうな男に向けられていた。歩道に寄せて停車しているが、ここは駐車禁止区域だ。

男は耳から携帯電話を離すと、それを顰め面のままポケットに押し込み、腕時計を見た。

「迎えが来ました。明日、連絡を。じっくり話し合う日程を決めましょう」

ブリーフケースからボールペンを取り出した克哉は、ナプキンに番号をしたため、それをフィリップの方へ滑らせる。

「費用に関しては」克哉はコーヒーの最後の一口を啜《すす》ると告げる。「今日の分をあなたの奢《おご》りに。それでチャラにしましょう」

スーツの皺を伸ばしながら立ち上がる。

フィリップはベンチシートから這い出ると、彼の前に立ちはだかった。

「払えないわけじゃない!」

「わかってますよ。でも、私のセラピー代については、今言ったはずです」

次の瞬間、克哉はばつの悪い思いをするには十分なほどの周囲の注目を集めていた――フィリップが彼を引き寄せ、抱擁《ほうよう》したのだ。学生たちの驚いた顔や、窓の向こうから熱心に二人を凝視している、とっくに痺れを切らしている迎えの警官の顔は見るまでもない。

「ここはもうアメリカじゃないんですよ」

克哉は言った。

フィリップはただちに彼を解放し、間合いを取ってから謝罪した。

「またすぐ、会いましょう」

克哉は微笑みながらそう言うと、フィリップの肩を叩いた。

店を出た克哉が、男が寄りかかって待っていた車に乗り込む様子を、フィリップは眺めていた。

運転席に乗り込む前に、その男はフィリップに対し挑戦的な視線を投げて寄こした。

二人の乗った車は行き交う車の流れに紛れて消えた。

フィリップは、自分と克哉の新たな関係の始まりを意味する大切なナプキンを握り締めると、それをポケットにしまった。

自分のドリンクを飲み終え、克哉のアイスコーヒーの残りを眺める。伝票が、小さなプラスチックの容器の中に丸めて入っていた。

フィリップは克哉のグラスを自分の手元へ引き寄せ、ストローで中身を吸い上げた。苦味のあるコーヒーに高い評価は与えられなかったが、どうにか元気づけられた。それはまるで、彼の精神科医から間接的に奪《か》ったキスだった。

そんな事を思う自分が間抜けに思えたが、気にしなかった。

四人連れの女の子たちに声をかけられ、彼女たちの輪に入らないかという誘いを丁寧に断った時でさえ、フィリップはまだ微笑んでいた。

フィリップは支払いを済ませ、レシートを財布にしまう。――九百七十円。
彼のドクターの値段だった。

終

BREAK DOWN

イラスト４枚目のラフ

これはまず挿絵のラフを描いて、これで本文内容に沿っているのか作者に確認を取ることが重要だといういい例です。 はじめ、指輪を巡って争うシーンを、私は父親と息子がこのように立っているシーンとして描きました。 その後、ウリエルが床でぐったりしている場面に修正しました。 ということで、このイラストは本番では使われない試し描きとなりました。

小屋の内装については詳細な記述があるものの、イラストの背景に真実味を与えるために、正確な間取り《レイアウト》を必要としました。そこでNarcissusに、このような略図を描いてもらいました。

※ちなみに、車は原寸に比例していません。

ウリエルの試し描きのデザイン。彼より若いキャラも年配のキャラもいろいろ描いたことはありますが、彼に関してはとにかく、老け過ぎて見えないように、40代前半という年齢に見せるためにバランスを取ることに気を使いました。Narcissusの OKがでるまで、ラフを何バリエーションも作成しました。

ガブリエルを描くにあたっても、同じような挑戦がありました。彼はまだ年齢的には若い青年ですが、警官として、一個人として、また一人のキャラクターとして、説得力を感じさせる程度に成熟した男として見せたかったのです。最初のキャララフを作成した時点では問題ありませんでしたが、このラフどおり挿絵 21 枚を作成し続けることはかなり大変でした。

Phillip
Blackstone

フィリップは三人の中では一番簡単でした。小説の中で、彼はウリエルに似ていると描写されているので、若い頃のウリエルのより逞しいバージョンとして描きました。ウリエルの息子たちは二人とも逞しく大柄です。彼は良い遺伝子を残したようです。

イラスト6枚目のラフ

私の想像に基づいて描かれた、この場面の最初の下描きです(ガブリエルはよく見えないと思いますが)。ですが、このバスルームは椅子を置くことができないほど非常に狭い、とNarcissusが指摘したために、使われなかったアイデアです。カメラアングルを蛇口がある方向から彼らを捉えるように移動させたことで、椅子については考慮する必要がなくなりました。

イラスト12枚目のラフ

自分が関わる仕事においては、いつも可能な限り、一シーンにつき少なくとも二枚のラフをきるよう努めています。シーン毎に、違うカメラアングルで、それぞれ異なったフィーリングを表現します。

イラスト19枚目のラフ

唯一の克哉単体のシーンのラフです。この場面は、このあと数年後に彼の身に起こる悪夢のような出来事を、著者が意図的に示唆している場面ともいえます。若い頃の彼について知り、彼の姿を描くことは私の楽しみです。克哉はここで、ITWの時とは違う種類のエネルギーを発しています。

あとがき

これは言うまでもないことですが、どんな作家とイラストレーターのコンビでも、二人の間には違いがあります。それは決して大きな違いではありませんが、そこからはお互いの性格の差がみえてきます。そしてその違いは大抵、日常の些細なことから発覚します。

一緒に仕事を始めた当初、私と淳の間では往々《おうおう》にして「それはできないよ」という会話が交わされていました。それは、Meat Loaf の〝I'd Do Anything For Love ～But I Won't Do That～（愛にすべてを捧ぐ）〟が遠くで聞こえている中で行われた、まるで気まずいお見合いのようなものでした。共同で仕事に取り組むなら、お互いの嗜好を見極めるのは必要不可欠な作業です。だから私たちは、ありとあらゆる物事についてとにかく会話し合いました。

「後ろで音がしてるけど、私の話を聞きながらテレビでも観てるの？」

ある日、彼女はスカイプで私にそうたずねてきました。私の自宅のオフィスにはテレビがあり、いつも仕事に集中するために背後でテレビをつけっ放しにしているのです。

「〝Bridezilla（ブライジーラ）〟を観てる。結婚式を前に自己中になる〝モンスター花嫁〟

たちのバラエティ番組ね」

「ああ、そういうのはやめてね！　花嫁の格好とか……男が女装したりするのは好きじゃない。だからそういう話は書かないで。私も描かない」

「お金が絡んできたらきっと描くよ。それも大金が絡んだら」

淳が黙ってしまったので、モニターの向こうからは彼女が鉛筆を走らせている音しか聞こえなくなりました。その音はまるで、紙片に何度も爪を擦りつけているような音によく似ています。私は自分の言い分をわかりやすくするために、この間を使ってたとえ話を試みました。

「仕事を辞めた後にＣＩＡの人材募集に応募したっていう元同僚と、ちょっと前に会ったんだ。その彼から、ＣＩＡに採用されるためにクリアしなくちゃならない、面接での心理テストについて聞いたわけ」私は続けました。「彼は三人の男性と二人の女性の面接官がいる長いテーブルに向き合って、椅子に座ってたの。皆、真面目な顔で笑顔はなし。で、私の友人は、落ち着くために膝の上に乗せた両手をきつく握り締めるぐらい、すごく緊張してたんだって」

紙の上で鉛筆を走らせる音が止まりました。

「そのテストの最後の質問で、面接官の一人が彼に聞いたの。『あなたは、国家の安全保障に関する機密を守るためなら、同性の相手と寝ることができますか？』って。とっさに彼は何とか相手が聞きたがってる答えを、それでいて自分に正直な答えを絞り出そうとしたわけ。で、うっかりこう言ってしまったの。『この仕事でいくら貰えるんでしたっけ？』」

ふたたび時間が動き出し、鉛筆を走らせる音が聞こえてきました。

「確かに。いっぱいお金が絡むなら寝ちゃっても構わないかもね」

そして続けて彼女は言いました。

「わかった。ともかく書きたいなら書けばいいよ。でも、私は描かないよ」

「それはないでしょ！　あなたのきわどい妄想に付き合って小説を書いてあげたこともあるのに。私も女装は好みじゃない。ただ、新しい分野に挑戦すべきだって言ってるわけ」

「わかったよ。だけどそういうことでも、スカトロものはやめてね！　黄金水もウ〇チもダメ」

「そこは異論なし。私たちの漫画でトイレを使ってるようなくだりはＮＧね。とりわけ受キャラはね」

「……私はそこまでは言ってないよ……」

「キャラがトイレに関わってるような場面はダメだって。だって次に起こることの想像がつくもん。絶対あなたは動物園の猿みたくウ〇チをお互いに投げ合ってる男たちの落描きを始めるでしょ？」

「かもね」

それからまた少し会話に間ができたので、私はテレビをザッピングすることにしました。画面に映し出されている、誰かが家庭用のビデオカメラで撮った目の粗い映像に、私は束の間夢中になりました。それは、白い半ズボンを穿《は》いた観光客が、どこぞの自然保護地区で熊に追い回されている映像で、女性がカメラを回しながら男性に「逃げて、早く逃げて！」と賢明なアドバイスを与えています。でも、彼女自身は安全な車の中。

「今度は何観てるの？」

私が長いこと沈黙していたので、淳が聞いてきました。

「〝Animals being dicks〟」

「なるほどね。でも、彼らを動物と絡ませるのもパス」

「え――ひどい」

さて、あなたがここまで読んできた、長たらしく寄り道の多いこの前置きも、やっと要点に近づいてきました。つまり、私がどのようにして、この近親相姦と父親殺しがテーマの小説を書くに至ったかというポイントに。

どんなパートナーシップも、譲《ゆず》り合いの精神の上に成り立っているものです。長年に渡り二人三脚で行ってきた創作活動を通して、私たちは相手のやる気を引き出すために、お互いに歩み寄ってきました。兄弟カプが登場するとある作品には、私がストーリーに手を加え直さなければならなかったけれど、代わりに淳は女装の絵を描いてくれました。彼女の萌えのツボを突くために、私的にはバリバリの攻キャラを受にしたこともあります――3Pのイラストを淳に描いてもらうことと引き換えに。

『FATHER FIGURE（以下FFと略）』は、私と淳がGuilt|Pleasureのパートナーシップを確立する過程で恒例となった、お互いの誕生日にプレゼントを買って贈り合う代わりに、創作物を交換し合うという行事から生まれました。淳は私に頼まれた絵を描き、私は彼女が読みたがっている小説を書く。そしてその過程で、私は淳の〝萌え〟や〝ぶっ飛んだ腐女子妄想〟を学んでいきました。彼女は私に小説を書くときのしばりを与えてくれて、私はそれをひとつのチャレンジだと受け止めていました。もともと好みが似ている二人ではありましたが、彼女の〝萌え〟には、私個人でははっきり言って書く予定がなかったジャンルもたくさんありました。何年か前に、とある過激なテレビゲームの双子の兄弟萌えについて、ゲーマー仲間の女子たちと盛り上がったことを除けば、近親相姦は私の得意分野ではありませんでした。けれど、自分の心に正直な淳の年下攻のリクエストが、近親相姦というテーマにひとひねり加えてくれました。

年上の受は書いたことがなかったので、これはちょっとしたチャレンジになりました。正直なところ私は、身長差や年齢差は受／攻の役割を割り当てる上で優先させるべき要素だという考え方に慣れてしまった保守的なＢＬ読者であり作者の一人でした。もちろん、『IN THESE WORDS（以下ＩＴＷと略）』の主人公の浅野克哉が篠原より二歳ばかり年上だということは認識していましたが、克哉は間違いなく、篠原の父親ほど年上ではありません。

そんなわけで、淳は私にウリエルを売り込まなければならなかったのです。彼をかなりの年上だけれど私が萌えられるキャラになるように。だからウリエルのキャラクターデザインは、私が書き始める前に準備してくれていました。

実は正直なところ、二人ともこの小説がどのような形に落ち着くかというアイデアを持って作り始めたわけではありません。公に発表する作品として予定していたわけでもありません。これは内々で作り始めた試作品のひとつにすぎなかったのです。

私は週に一章のペースで書き続けていきました。そして書き終えた時、私たちは二人とも、自分たちが作り上げた物語であるにもかかわらず、その結末に衝撃を受けました。

英語版の発売から二年が経ち、あなたは今、この小説の日本語版を手にしています。

この物語を、たとえ心に重たいものを感じながらでも、最後まで読みきっていただけたのだとしたら幸いです。

あなたが感じたその重さは、あなた自身の想いの深さを測るスケールだと思ってください。受け止めた重さの分だけ、あなたは誰かを深く愛することも、赦《ゆる》すこともできるはずです。

私たちは誰もが皆、ウリエルでありガブリエルのはずだから。
最後までお付き合いくださり、どうもありがとうございました！

Narcissus

『FATHER FIGURE（以下ＦＦと略）』を完成させる前に、私たちはすでに『IN THESE WORDS（以下ＩＴＷと略）』に着手していました。実は、私の中に克哉に対する愛着が生まれたのは、この小説の最終章に取り組んでいた頃だったと思います。彼がプロフェッショナルとして、精神科医として実際に活躍している場面を読んだのは、この時が初めてでした。ＩＴＷにおける彼は、もっと受動的で聞き手の立場に回っていることが多いのですが、ＦＦにおいては、これまで以上に温厚で情け深い彼の一面を見せてくれています。少なくとも、ＩＴＷでは、そうした一面をクライアントや患者たちにみせている彼には、まだお目にかかっていません。

この作品が、衝撃的なものだということに間違いないですが、そうした全体的な印象もさることながら、私の中で印象的だったのはそんな克哉に関する描写で、私はそこにすごく萌えました。（Narcissusは、私がラストで泣かなかったことに、とてもショックを受けたみたいです。でも、私の場合は、咽に苦味が残る感慨深さの方が強かったです）。

もちろん、この小説には、わたしの気持ちに響く要素が入っています。ずいぶん前から心の中で父子もの設定を温めているぐらい、私は父子ものが好きなんです。……ただしその設定はＦＦのラストほど悲劇的ではなく、もう少しユーモラスな作風なんですがね（笑）。


この小説にお付き合いくださり、ありがとうございました！　私たちがこの物語を作り上げる過程で味わった喜びを、皆さんとも分かち合えたのだとしたら幸いです。

また次回、お会いできることを楽しみに……。

咎井淳

「FATHER FIGURE」をお買い上げ
いただきありがとうございます。
この本を読んでのご意見・ご感想を
お待ちしております。

〒一六二-〇八二五
東京都新宿区神楽坂 六-四六
ローベル神楽坂ビル四階
株式会社リブレ内　編集部

アンケート受付中
リブレ公式サイト
http://libre-inc.co.jp

FATHER FIGURE

二〇一四年五月一日初版　第一刷発行
二〇一八年二月一九日再版　第四刷発行

著者　Guilt|Pleasure
翻訳　仔犬養ジン
発行人　太田歳子
発行所　株式会社リブレ
〒一六二-〇八二五
東京都新宿区神楽坂六-四六ローベル神楽坂ビル
電話　営業　03-3235-7405
　　　編集　03-3235-0317
FAX　営業　03-3235-0342
印刷所　株式会社 光邦
企画編集　入江恵子　岩本泉絵　楠瀬章子
装丁　斉藤麻実子〈Asanomi Graphic〉

ISBN 978-4-7997-1490-4